U0463578

中国古代

读书故事

◎ 吴尚之 著

团结出版社

· 北京 ·

© 团结出版社，2025 年

图书在版编目（ＣＩＰ）数据

中国古代读书故事 / 吴尚之著 . —北京：团结出
版社，2025.6.
ISBN 978-7-5234-1716-4

Ⅰ . I247.81

中国国家版本馆 CIP 数据核字第 20258RA644 号

责任编辑：赵晓丽　伍容萱
封面设计：阳洪燕

出　　版：团结出版社
　　　　　（北京市东城区东皇城根南街 84 号　邮编：100006）
电　　话：（010）65228880　65244790（出版社）
　　　　　（010）65238766　85113874　65133603（发行部）
　　　　　（010）65133603（邮购）
网　　址：http://www.tjpress.com
E-mail：zb65244790@vip.163.com
经　　销：全国新华书店
印　　装：三河市东方印刷有限公司

开　　本：130mm×210mm　　32 开
印　　张：10.25　　　　　　　　字　　数：177 千字
版　　次：2025 年 6 月　第 1 版　　印　　次：2025 年 6 月　第 1 次印刷

书　　号：978-7-5234-1716-4
定　　价：68.00 元
　　　　（版权所属，盗版必究）

代
序

中国古代先贤的读书精神

吴尚之

中国自古以来就有读书重学的优良传统，数千年来，在中国流传着许多脍炙人口、妇孺皆知的读书故事。这些读书故事中，既有人们耳熟能详、流传很广的读书故事，如韦编三绝、孟母三迁、悬梁刺股、凿壁偷光、囊萤映雪、程门立雪、手不释卷等读书典故，还有更多感人至深、鲜为人知的读书故事，如牛角挂书、以杖自击、划粥割齑、以荻画地、牧羊读书、砍柴买纸、买臣负薪、忍辱苦读、瞽者勤学等读书故事。

中国历史上流传下来的读书故事，既是中华优秀传统文化的宝贵财富，也是当代中国读书人的精神财富。这些故事之所以传颂不绝、历久弥新，是因为许多读书故事中蕴含着激励一代又一代中国人勤奋刻苦、笃志好学的读书精神。我们需要弘扬中华民族悠久的读书传统，赓续中国古代先贤的读书精神。

一、修身重德、自强不息的精神。从流传下来的读书故事中可以看到，古代先贤将读书与修身融为一体。他们十分重视个人的道德修养，端正个人的道德品行，将读书作为陶冶个人道德情操的重要途径。与此同时，他们始终保持了一种自强不息的精神，刚毅坚韧，发奋图强，做到生命不息，读书不止。

许衡问读的故事，生动诠释了古代先贤修身重德的读书精神。许衡问读讲的是元代思想家、哲学家、天文学家许衡的读书故事。他一生勤学好问，博学多闻，著作等身。《元史》不仅记载了许衡问读的故事，而且也留下了许衡不食无主之梨的美谈。许衡7岁入学时，就问自己的老师："读书是为了什么？"老师回答说："为了科举及第。"许衡说："仅仅是为了科举及第吗？"老师听了他的问题，大为惊讶，深感许衡从小就有与众不同的气质和追求。许衡尤为重视读书人的道德修养，做到身体力行。在战乱时期，他仍然坚持白天诵读，晚上思考，举止言谈一定要先揣度书中的大义然后才去实行。他曾经与人一起逃难路过河阳，天气炎热，口渴得很厉害。道路旁边有棵梨树，大家都争着摘梨吃，唯独许衡在树下正身独坐，神情自若。有人问他为什么不摘梨吃，他回答说："不是自己家的梨就拿来吃，是不可以的。"别人说："世道混乱，这棵树是无主的。"许衡回答说："梨树无主，我的内心难道也没有主吗？"从许衡的读书修身故事中，我们看到了他对读书意义的认识。在他看来，读书不仅仅是为了科举及第，还有对个人道德修养的追求，也有对人生未来的追求。

　　瞽者勤学的故事，集中体现了古代先贤自强不息的读书精神。瞽指盲人，瞽者勤学讲的是盲人唐汝询的读书故事。唐汝询是明代学者、诗人、唐诗选家。《中国历代唐诗书目提要·唐诗解》对唐汝询的读书人生和成就作了较为详细的介绍。唐汝询5岁时就双目失明，成为盲人，但他没有向命运低头。他立志读书，自立自强。他在未盲之前，就是一个非常聪慧好学的孩子，婴儿时便能识字，诵读《孝经》。5岁目盲之后，跟随父亲和兄长耳学。父兄将其抱在膝上，授以《诗经》和唐诗，他都能流利地朗诵，听到的诗文讲解就暗自记在心里。待成年之后，便请兄弟辈取六经以及稗官野史，念给他听。对他而言，听书便是读书，对书中的始末原委、编排次序、优劣长短，做到了如指掌、详细考核。他旁通经史，能写各种体裁的诗词。他在诗词研究方面卓有建树，特别是在唐诗的研究和选编方面作出了独特的贡献。他通过口述著有《唐诗解》，共 50 卷，溯流从源，为其笺注，是一部具有较高学术价值的唐诗总汇。除《唐诗解》之外，还著有《唐诗十集》《编蓬集》《姑蔑集》等。从瞽者勤学的读书故事中可以看到，唐汝询虽为盲人，但他自强不息，坚韧不拔，不向命运低头，读书著述，克服了常人难以想象的困难，付出了比常人更多的心血和汗水，这种自强不息的读书精神，令人肃然起敬。

二、志存高远、笃志好学的精神。"非学无以广才，非志无以成学。"古代先贤做到一生勤奋好学，学有成效，大多与他们的读书志向与人生理想有关。他们有坚定的读书志向和人生理想，不断锤炼自己坚毅的意志品格。这种志向既包含了一个人的理想与追求，也包含了勤奋刻苦的坚定意志。读书爱好与读书志向相互促进，读书成效与读书意志相互加持。有了坚定的读书志向，读书的习惯就会逐步形成，读书的成效就会自然显现。

《魏书》记载了南北朝时期著名学者宋繇少而有志的读书故事。这个故事讲的就是宋繇少年时期立志读书、振兴家道的读书故事。据《魏书》记载，由于战乱，在宋繇出生时，父亲就被他人所害，5 岁时，母亲就去世了，他只得跟随伯母生活。宋繇少年时就有大志，立志要靠自己努力读书，以振兴已经衰落的家道。他对人说："家庭突遭变故衰败，所有的负担已经落在我宋繇一人身上。如果我不卧薪尝胆，自励图强，怎么能够承担起振兴家道、继承先人家业的重任呢？"宋繇小小年纪，志气不凡。后来，宋繇从师受业，闭门读书，昼夜不倦。由于宋繇刻苦学习，博览群书，被举荐为秀才，后任尚书吏部郎中、常侍、右丞相等。他虽然为朝廷重臣，但仍然做到勤奋好学，学品和人品都为人称道。

《梁书》及《南史》等典籍记载了刘勰笃志好学的读书故事。刘勰是南北朝时期文学理论批评家、《文心雕龙》的作者。刘勰幼年时父亲去世，很早就成了孤儿。他从小就很聪慧，笃志好学。长大成人后，由于家境贫困，他没有结婚，在寺庙里跟着僧人一起居住生活了十几年。在这十余年中，他"两耳不闻窗外事"，潜心读书，博览经史，阅读百家之书和历代文学作品，并将它们分门别类，加以整理编排。刘勰耗时五六年时间，撰写了流传后世的不朽之作《文心雕龙》，这是中国文学史上第一部有严密体系的文学理论专著。该书对文学的起源、文体类别、神思、风格、修辞、鉴赏、作家人品、文学与社会变迁等一系列重要问题都进行了系统论述，富有远见卓识。这不仅是一部文学理论的专著，而且也是一部关于中国文化的重要论著。刘勰笃志好学，在古代先贤之中具有独特的精神品格：一是潜心读书，一心向学，十余年心无旁骛，专心只做一件事，就是勤学苦读。二是用心研究，不急于求成，用五六年时间，谋篇布局，精雕细刻，写出精品力作，为后世留下了宝贵的文学遗产。

三、勤奋刻苦、心无旁骛的精神。"书山有路勤为径，学海无涯苦作舟。""勤"与"苦"，是古代先贤攀登书山、横渡学海的不二法门。他们不是一般的"勤"与"苦"，是囊萤映雪的"勤"，是悬梁刺股的"苦"。唯有"勤"与"苦"，他们才学有所成、功成名就，正所谓"宝剑锋从磨砺出，梅花香自苦寒来"。与此同时，他们的身上还有一种特质，那就是一心向学、心无旁骛的精神。在诸多读书故事中，除了人们熟知的囊萤映雪、悬梁刺股等勤学故事之外，还有划粥割齑、目不观园等读书故事流传于世。

划粥割齑讲的是范仲淹勤奋刻苦的读书故事。范仲淹是北宋政治家、军事家、文学家，其所作《岳阳楼记》成为历代传颂的名篇佳作。划粥割齑是指将冷却凝固后的粥划开、分成几块，将酱菜切成碎末一起食用，齑是指酱菜或腌菜。《范仲淹全集·年谱》中简要讲述了范仲淹在艰苦生活中划粥割齑、勤奋读书的故事。范仲淹当年与他人一起在长白山醴泉寺的僧舍读书，每天煮一小锅粥，待粥凝固后，他就用刀把粥切成四块，早晚各取两块，切数根酱菜，放少许盐再吃，就这样度过了三年。范仲淹当时的生活非常穷困，只能将熬好的粥分作早晚两餐食用，稀饭就咸菜，就这样坚持读书。《宋史》更为详尽地记载了范仲淹的成长经历和读书佳话。范仲淹两岁时就失去了父亲，母亲改嫁到长山县一位姓朱的人家里，他也就改姓朱。出仕之后，恢复了原来的范姓，改名仲淹。他少年时就有志气，品行端正。长大后，他知道了自己的家世，很伤感，立志读书成才，于是就流着眼泪辞别母亲，前往外地读书。他昼夜都不休息，冬天读书十分疲乏时，就用冷水浇脸。有时缺乏食物，不得不靠喝稀粥度日。一般人都不能忍受这种困苦生活，范仲淹却从不叫苦。由于他如此刻苦读书，后来考中进士，出仕为官，多有成就。范仲淹学有所成，道德、文章皆为人称颂。特别是他在《岳阳楼记》中写出的名句"先天下之忧而忧，后天下之乐而乐"，既反映了他的毕生志愿和理想抱负，也体现了他的家国情怀，为后来的读书人树立了高尚的人生典范。艰难困苦，玉汝于成。艰苦的条件和环境，不但没有消解范仲淹学习的意志和读书的毅力，反而为他一生的成长奠定了坚实的基础。

目不观园讲的是董仲舒心无旁骛的读书故事。

董仲舒是西汉政治家、哲学家，为儒家学说的发展作出了重要贡献。

目不观园是指董仲舒专注看书，从不观看自家园圃的景色。据《史记》记载，董仲舒一心专注于治学读书，足不出户，以至于三年中都没有去过自家房屋旁边的园圃散散步、看看景色，他治学读书的心志专一到了如此程度。从《史记》《汉书》中的记载可见，董仲舒一生以读书、研究学问和写作论著为主要事业。他关于"罢黜百家，独尊儒术"的建议为汉武帝所采纳，提出的"天人感应说"对后世影响深远。董仲舒的著作，都是阐明儒家经学意旨的，总共123篇，都流传到了后世。从目不观园的故事看到，无论是读书，还是做学问，如果三心二意，可能一事无成；如要有所成就，就需要做到目不转睛、心无旁骛。

四、锲而不舍、坚韧不拔的精神。荀子在《劝学》中说："不积跬步，无以至千里；不积小流，无以成江海。骐骥一跃，不能十步；驽马十驾，功在不舍。锲而舍之，朽木不折；锲而不舍，金石可镂。"流传下来的许多读书故事，都展现了古代先贤锲而不舍、坚韧不拔的读书精神。他们面对书山学海，绝不轻言放弃，有恒心，有毅力，积跬步以至千里，积小流以成江海，"一日读十纸，一月读一箱"，最终做到"读书破万卷"，成就人生梦想。他们信念坚定，坚强不屈，跨越了一道又一道坎坷，克服了一个又一个磨难，终于登上了知识的巅峰，到达了书海的彼岸。我们从孟母断织、张溥嗜学等读书故事中可以得到许多有益的启示。

历史上流传的"孟母断织"的故事，从一个侧面阐释了读书锲而不舍、不荒废学业的重要意义。据清代学者王照圆《列女传补注》记载，孟子小的时候，有一次放学回到家里，看到他的母亲正在织布。孟子的母亲见他回来了，便问他："你学习怎么样了？"孟子便随口回答说："跟过去一样。"孟子的母亲见他一副漫不经心的样子，特别生气，就用剪刀把织好的布剪断了。孟子见他母亲发这么大的火，非常害怕，就问母亲："您为什么要发这么大的火呢？"母亲对他说："你读书漫不经心，荒废学业，就像我剪断这布一样。君子读书是为了成就好的名声，勤学好问才能不断增长知识。只有这样，才能做到居则平安无事，动则避开祸害。如果现在不好好读书，荒废了学业，以后长大了就免不了做一个劳役，而且难以避免祸患。这与一个人以织布为生、养家糊口是同样的道理。假如织布中途废弃，哪能使家人有衣穿、有饭吃？"孟子听后惊惧不已，对荒废学业的后果很害怕。自此，孟子幡然悔悟，从早到晚勤学不止，成为天下有名的大儒。后人都称赞孟母教子有方，人们也从孟母断织的故事中，懂得了读书不能半途而废的道理。

张溥嗜学讲的是明代文学家张溥坚韧不拔的读书故事，嗜是爱好的意思。《明史》记载，张溥从小就爱好学习，勤奋读书。凡是所读的书必用手抄写，抄完之后吟诵一遍就烧掉，如此反复六七次才停止。他右手握笔的地方都长了老茧。冬天手指冻裂，每天要在热水里泡好几次，后来他把自己的读书室题名为"七录斋"。张溥儿时特别聪明，像成年人那样好学，每天读书数千字。他成人之后，读书更加刻苦，有时边读书边做笔记，家中墙壁和篱笆上都贴满了做笔记的纸片。等到夏天炎热酷暑之时，他就找来一口盛凉水的大瓮，将两脚放到里面降温，坚持读书不辍，即使有人讥笑他迂腐，他也充耳不闻。由于无钱买书，他就想办法借书抄录。他如此勤奋苦读，后来考中了进士，改授庶吉士。张溥一生读书治学，成果丰硕。著有《七录斋集》《春秋三书》《历代史论二编》《诗经注疏大全合集》等。编辑有《汉魏六朝百三家集》，是研究汉魏六朝文学的重要参考书籍。

在中国古代读书故事中，张溥嗜学的读书故事，确有其独特性。勤学苦读是古代先贤的共同特征，但张溥这种对所读之书都反复抄录七遍，每抄写一遍都要吟诵一次，不达背诵记住的目的不罢休的蛮劲头和

"笨功夫"，较为罕见，他的身上体现了读书人的一种坚韧不拔的精神。尽管有人讥笑他迂腐，他依然心有定力，意志坚定，不为所动。正因为有这种精神、有这样的定力，他才取得了后来的学术成就。

五、乐而好学、博览群书的精神。古代先贤经历了读书求学的千辛万苦，但他们不以读书为苦，反以读书为乐，将读书视为人生快意之事，升华了读书的心灵境界，正所谓"知之者不如好之者，好之者不如乐之者"。同时，他们不断开阔读书的视野，拓展读书的领域，做到多连博贯、博览群书，取得超乎寻常的读书成就，留下了扬雄好学、博览群书等读书故事。

扬雄好学讲的就是西汉哲学家、文学家、辞赋家扬雄勤奋好学的读书故事。据《汉书》记载，扬雄小时候勤奋好学，博览群书，无所不读。在辞赋方面，扬雄创作了《甘泉赋》《羽猎赋》等，用词构思华丽壮阔。此外，还有《解嘲》《逐贫赋》《酒箴》等，自述情怀，哲理深刻，很有特点。扬雄在哲学思想方面颇有成就。他模仿《周易》写作《太玄》，模仿《论语》写作《法言》，其哲学思想主要体现在这两部著作之中。扬雄反对迷信和谶纬之学，肯定知识的重要，认为渡海需用舟，乘舟要用楫，所以人必须有知识。唐代文学家韩愈将扬雄与孟子、荀子相提并论，北宋史学家司马光称赞扬雄为大儒。扬雄不仅好学，学有所成，而且在好学读书方面很有见解。扬雄在《法言》中对何谓"好学"，提出了他的独到见解："学以治之，思以精之，朋友以磨之，名誉以崇之，不倦以终之，可谓好学也已矣。"在扬雄看来，所谓"好学"，可从五个方面来衡量：一是要以认真严谨的态度去学习、去探究；二是要精心思考；三是要与志同道合的人去切磋琢磨；四是只求学以成名；五是做到始终如一、孜孜不倦。如能做到这五条，可以说是好学了。看来，好学的要求并不低。不过，扬雄就是这样去做的，他为我们作出了榜样。我们今天读书学习的条件比扬雄所处的时代要好得多，只要立志于学，下决心读，做到"好学"是完全可能的。

　　博览群书讲的是王充的读书故事。王充是东汉思想家、哲学家，他的读书人生与学术人生交相辉映，所作《论衡》是中国思想史上的一部名著，涉猎广泛，见解独到，对后世影响深远。据《后汉书》记载，王充少年时丧父，后来到了京城，在洛阳的太学上学。他以博览群书为乐，但当时的纸张和书籍都很贵，他买不起书，便想办法到书肆中站着看那些售卖的书。他从"立读"（站立看书）之苦中，读遍京城所有书籍，练就了他"立读"的本领，培养了过目成诵的能力，看一遍就能背诵记住。由于他博览群书，因而通晓了各家各派的观点、学说。王充好读书的习惯是从小养成的。他在《论衡·自纪篇》中写了自己早年的成长经历和读书生活。王充6岁开始认字写字，有很大的志向。8岁就离家去书馆上学，后来又受人指点，学习《论语》《尚书》，每天背诵1000多字。这样，经书学懂了，品德修养也养成了。长大成人之后，开始独立钻研学问，所读之书越来越多，视野也越来越广。他无论为学还是出仕，都做到"处逸乐而欲不放，居贫苦而志不倦"，饱读古文经典，吸纳各家之言。王充博览群书，也成就了他的学术人生。王充是东汉时期唯物主义哲学家的代表人物，他以"元气"为始基，建立了较为完整的唯物主义哲学体系，提出由元气产生万物，"天地合气，万物自生"，断然否定灵魂不灭和鬼神论，认为实效、事实是检验认识是否正确的标准。他的思想学说主要体现在他所著《论衡》一书之中。他历时30年写成《论衡》，对古往今来的学说、思潮加以衡量，评论是非，批判虚妄之说。王充除了写作《论衡》之外，还著有《讥俗》《节义》《政务》《养性》等，从中看出，王充涉猎广泛，知识渊博，可以称之为百科全书式的人物。王充博览群书的读书故事，给后人以启示：只有博览群书、博采众长，才能做到学识广博、学有大成。

六、手不释卷、惜时如金的精神。在古代先贤的读书生活中，他们尽管事务繁多，政务繁忙，军务在手，但是他们所读之书并不比别人少，用于读书的时间反而比常人多，原因在于他们更加珍惜时间，更善于抢抓时间，把所有业余时间都用于读书学习，真正做到了手不释卷、惜时如金。

在古代典籍中，有不少关于手不释卷的记载，也涉及多位历史人物。其中，赵普手不释卷的读书故事较为详尽和典型。赵普是北宋政治家，北宋建立后，曾任枢密使、门下侍郎、同中书门下平章事（类似宰相）。据《宋史》记载，赵普年轻时忙于军务和政事，读书不多，但他在太祖赵匡胤劝读之下，能反躬自省，发愤读书，多有所获。《宋史》不一定全面反映了他的读书经历和所读之书，但也可看出，赵普手不释卷，熟读《论语》，反复揣摩，学行结合，将书本中的学问运用于处理政事，也实属不易。中国历史典籍中，还记载了一些手不释卷的读书故事。《典论》一书记载了魏文帝曹丕的一段话："上雅好诗书文籍，虽在军旅，手不释卷。"曹丕在这里讲到了他的父亲魏武帝曹操喜欢诗书典籍，虽然在军旅之中，但手不释卷。这也印证了曹操边打仗边读书、老而好学、注重读书的故事。手不释卷的读书故事值得我们深入思考，一个人能否做到手不释卷、发奋读书，与这个人对读书的认识和态度关系很大。如果认为读书影响到一生的成长与成就，关系到一个人的精神生活，那么就会有读书的持久动力。或许开始读书时，目的性、功利性比较强，到后来慢慢养成了读书的习惯，让读书变成生活中不可或缺的一部分，使读书成为一种生活方式。到这个时候，人们读书就进入了另一种境界，由自然王国进入了自由王国，就会抓住一切时间读书，自觉做到手不释卷！

中国典籍中还记载了不少惜时如金的读书故事，其中李密牛角挂书的故事常被人们传颂。李密是隋代末期农民起义中瓦岗军后期首领，早年重视读书，有较高的文化素养，眼光独到，足智多谋，在农民起义军中出类拔萃。《新唐书》较为完整地记载了李密的成长经历和他牛角挂书的读书故事。李密出身名门世家，年少时就见识雄阔高远，办事动脑筋，多有智谋。他曾经做隋炀帝的侍从，但不久便借病辞官回家，他决心专心致志地读书，以为这样才能更加有所作为。有一次，他打算向远方的一位高人求学。他担心徒步走得比较慢，就骑着一头牛赶路。由于路途遥远，他不想白白浪费时间，就在牛角上挂了一部《汉书·项羽传》，这样就可以一边赶路一边读书了。李密由于勤于读书，知识渊博，又长于谋略，打了很多胜仗，很快成为瓦岗军后期首领，在隋朝末年农民起义战争中发挥了重要作用。牛角挂书之所以流传后世，是因为这个故事为读书人树立了一个勤奋学习、惜时如金的榜样。读书的多与少，除了取决于是否勤奋，还取决于能否利用好时间。时间对每一个人都是公平的，但每一个人利用时间的情况是不一样的。李密能抓住骑牛赶路的时间边走边读，今天的人们乘交通工具出行已是家常便饭，在旅途中，在汽车、高铁、轮船和飞机上，在乘坐所有的交通工具时，我们能否有这个意识，抓住一切能利用的时间来读书呢？

　　七、勤于思考、学思结合的精神。孔子在《论语》中谈道："学而不思则罔，思而不学则殆。"孔子认为，如果只是读书而不思考，就会受欺骗；反之，如果只是空想而不去读书，就会有许多疑惑。古代先贤读有所成，除了他们好学苦读，还在于他们勤于思考，善于思考，做到读书与思考相结合，在思考中理解和消化书籍的内容，巩固和深化读书的成果。朱子问天、上山看花等读书故事都是勤于思考、学思结合精神的体现。

　　朱子问天讲的是朱熹的读书故事。朱熹是南宋哲学家、教育家，宋代理学大家，儒家的代表人物。从《宋史》的记载来看，朱熹从小聪颖，悟性很强。他刚刚学会讲话时，父亲指着天告诉他说："这是天。"朱熹便接着问道："天的上面是什么呢？"父亲听到朱熹提的问题后很惊讶，因为小孩子们很少会去思考天外的事情。父亲认为朱熹是一个善于思考和学习的苗子，就让他从师受学。朱熹治学严谨，学有所成。在哲学方面，他提出理气论，认为"理"是先于自然现象和社会现象的形而上者，是"气"和万物赖以存在的根据或本原，也是事物的规律和伦理道德的基本准则；"气"则是形而下者，是有情、有状、有迹的，"有理而后有气"。朱熹非常重视教育，他是中国教育史上第一次把儿童教育和青年教育作为一个统一过程来考察的人。在读书方面，朱熹多有论述，他自己总结为"读书之法莫贵于循序而致精，而致精之本，则又在于居敬而持志"。朱熹的弟子将朱熹自述的读书方法展开，归结为"朱子读书法"六条，即循序渐进、熟读精思、虚心涵泳、切己体察、着紧用力、居敬持志。朱熹一生著作等身，主要著作有《四书集注》《太极图说解》《周易本义》等，有《文集》100卷、《续集》11卷、《别集》10卷流传于世。我们从朱子问天的读书故事中看到，朱熹一生勤奋读书，取得丰硕成果，在哲学、教育、读书等方面提出了系统的思想观点，其中许多观点见解独特，思想深刻，对后世影响深远。他读书能取得成功，除了刻苦用功之外，还与他将读书与思考相结合有很大关系。他从小就养成了边学习边思考的好习惯。朱子问天的读书故事流传至今，人们除了称赞朱熹从小聪慧之外，或许还赞赏他善于思考的长处，我们需要向朱熹学习，多学多思。

北宋著名科学家沈括更是读书思考的典范，为我们留下了上山看花的读书故事。上山看花与读书有什么关系呢？这里所说的上山看花，不是指赏花游览，而是指沈括上山考察桃花，了解桃花在山上盛开的时间与山下盛开的时间是否真的不同，以求证白居易诗中描述桃花开放时间的准确性。相传少年沈括在读白居易所作《游大林寺序》一文中的一首诗时，对诗中桃花开放的时间产生了疑惑。原诗有："人间四月芳菲尽，山寺桃花始盛开。长恨春归无觅处，不知转入此中来。"沈括读这首诗时，脑海里忽然冒出了一个问题：既然人间四月的花都开尽了，为什么山中寺庙里的桃花才开始盛开呢？为解开这个谜团，沈括与几位好友上山实地考察了一番。这个故事在他自己所写的《梦溪笔谈》中大体得到了印证。沈括认为，之所以花期不同，是因为地气有早晚，天时也会有变化。比如在平原地区三月开花的植物，在深山中就要四月才开花。白居易的诗中说"人间四月芳菲尽，山寺桃花始盛开"，这是常理，因为地势高低不同，气温也会不同。人们传颂沈括上山看桃花的故事，意在赞誉沈括善于读书、勤于思考的精神。沈括一生做到多学多思，学有成就。他在物理学、数学、天文学、地学、生物医学、化学、工程技术等方面都有重要成就。例如，他在数学方面提出了高阶级差求数和公式以及求弧长的近似公式。他意识到了石油的价值，说明他具有远见卓识。尤其值得称道的是，沈括的科学名著《梦溪笔谈》，共30卷、609篇文章，集中反映了他一生的学识和见闻，以及思考和研究的成果，具有重要的学术价值和历史价值，为海内外读者了解中国科技发展史，提供了权威、系统的史料。英国科学史专家李约瑟称，沈括是中国整部科学史中最卓越的人物。

八、读行一体、知行合一的精神。古代先贤将读与行融为一体，强调知行合一，既提出"学至于行而止矣"，认为读书学习的根本目的在于践行，将学问和知识付诸实践，又倡导读万卷书，行万里路，不但读有字之书，也要读无字之书，以此不断丰富人生的阅历和知识。明末清初经学家、思想家顾炎武读万卷书、行万里路的故事，蕴含了这种读行一体、知行合一的精神。

《清史稿》记载了顾炎武读万卷书、行万里路的读书人生。书中记载，顾炎武出生时就有两个瞳孔，中间是白的，旁边是黑的，读书能做到一目十行。他年少时就开始读经史典籍，9岁读《周易》，

10 岁读《孙子》《吴子》《左传》《国语》《战国策》《史记》，11 岁读《资治通鉴》，14 岁读《尚书》《诗经》《春秋》。后来，凡是国家典章制度、府县旧制、天文观测、河工漕运、军事农桑等类别的书，无所不读，且考查订正利弊。顾炎武精力过人，从少年到老年，没有一时一刻离开过书本。他每到一个地方，常常用两头骡子和两匹马运载书籍，可见他读书之多，涉猎之广。

　　难能可贵的是，顾炎武做到一方面读万卷书，一方面行万里路，追求经世致用，将书本知识与社会实践相互印证，深入探究。他一生去过多地考察，曾在山东长白山下开垦农田，又曾在山西雁门北面、五台山东面放牧，走遍了边关要塞，四次拜谒明孝陵，六次拜谒明思陵，后来才在陕西的华阴住下来。他每次经过边境要塞和驻兵之地，就叫来老兵向他们询问当地事情的曲折经过。凡是听到有与平时所知不符的地方，就取出随身带的书籍查对。顾炎武放弃科举而专务经世致用之学，广读天下之书，成就了他的学术人生。他是一位学识渊博的思想家，其哲学思想倾向于唯物主义，提出"气"一元论的观点。他在考据、音韵之学方面造诣很深，影响了清代以后的考据家和史学家。他一生著书立说，主要有《日知录》《求古录》《石经考》《天下郡国利病书》等。《日知录》是他的代表作，集 30 余年学术研究之大成，共 32 卷，其内容涉及经义、政事、世风、礼制、科举、艺文、史法、天象、地理、兵与外交等，对后世影响深远。

　　深入挖掘、系统整理中国古代的读书故事，从中总结、提炼中国古代先贤的读书精神，对深入推动全民阅读，建设社会主义文化强国，实现中华民族伟大复兴，具有积极的借鉴意义。

2025 年 4 月于北京

目录

中编

上编

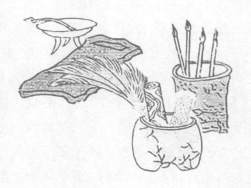

韦编三绝
的故事

孔子

　　韦编三绝讲的是孔子读书的故事。孔子是我国春秋后期的思想家、教育家，儒家学派的创始人。他一生勤奋好学，读书不辍，为后世树立了楷模。韦编三绝的读书故事流传数千年，影响深远。

　　韦编三绝的故事来自汉代史学家、文学家司马迁《史记》一书的记载。《史记·孔子世家》写道："孔子晚而喜《易》……读《易》，韦编三绝。"韦编三绝中的"韦"，是指皮革或熟牛皮；"韦编"是指用熟牛皮皮条把竹简编连起来；"三"是概数，可以理解为多次；"绝"是断的意思。孔子那个时代，造纸术还没有发明出来。人们所读的书籍，主要是用墨写在竹简或木板上，若干简片编连起来就是"简策"即"书籍"，《易经》就是这样用竹简通过牛皮条编连起来的书籍。司马迁在《史记》中说的"韦编三绝"，是讲孔子晚年非常喜欢读《易经》这部书，翻来覆去

地读，反反复复地琢磨。翻阅的次数太多，导致穿连《易经》竹简的牛皮条断了好几次。司马迁用"韦编三绝"来形容孔子勤奋读书，后来人们用"韦编三绝"形容一个人锲而不舍、勤学苦读。

　　孔子早年丧父，家道中落，少时贫穷。从孔子的一生来看，他真正立志读书，是从 15 岁才开始的。他在《论语》中谈道："吾十有五而志于学，三十而立，四十而不惑，五十而知天命，六十而耳顺，七十而从心所欲，不逾矩。"孔子 15 岁才有志于求学读书，通过私人传授，博学诗书礼乐。30 岁，懂得了礼仪，说话办事有了把握。40 岁，掌握了各种知识，不至于迷惑。50 岁，得知天命。60 岁，一听别人言语，便可辨别真假、判明是非。70 岁，随心所欲，不越规矩。从孔子自述的经历看，他真正立志读书是从 15 岁开始，确实比较晚。但他一旦立志读书，就坚定不移，慎终如始，让读书陪伴自己的一生，即使到了 70 岁以后，虽说"随心所欲"，但读书和做学问也从没有间断过。

　　孔子读遍群书，造诣精深，整理《诗经》《尚书》等古代典籍，删修《春秋》，成为儒家学派的创立者和最重要的代表人物。他的思想学说和读书观点主要汇集在《论语》一书之中。孔子创立的儒家学说以及由此发展起来的儒家思想，是中国传统文化的重要组成部分，对中华文明产生了深刻影响，对人类文明进步也作出了重大贡献。

　　暮年的孔子深感时光荏苒，读书更是惜时如金。司马迁在《史记·孔子世家》中还记载了孔子的一段话："假我数年，若是，我于《易》则彬彬矣。"孔子说，再给他数年时间，对于《易经》从文辞到义理就可以全部掌握了。他是多么希望上苍能眷顾自己，再借他几年光阴，再好好研读一下《易经》，以便透彻理解和掌握《易经》的全部含义。从韦编三绝的故事，到孔子为学读书的一生，我们不仅看到了孔子如何刻苦读《易经》，如何用心钻研《易经》，而且也从中感悟到孔子的人生追求和孜孜不倦的读书精神。他的追求与精神，令人感动，为之景仰。正如司马迁在《史记》中所说："《诗》有之：'高山仰止，景行行止。'虽不能至，然心乡（同向）往之。"

孟母三迁的故事

孟子

　　孟母三迁，也称孟母择邻，讲的是战国时期思想家、教育家孟子的读书故事。这个故事在中国的一些典籍如《三字经》《列女传》和一些文学作品中都有记载，流传久远，传播很广。

　　孟母三迁，是指孟子的母亲为孟子选择读书居住环境而三次搬家。孟子的母亲为什么要接二连三地搬家呢？汉代文学家刘向《列女传·邹孟轲母》以及史学家司马迁《史记·孟子荀卿列传》等记载，孟子是鲁国贵族的后裔，幼年丧父，家庭贫困，小的时候他和母亲迁居在墓地旁边，孟子于是就和邻居家的小孩一起学着大人跪拜、哭号的样子，玩起办理丧事的游戏。孟子的母亲看到后说："这不是适合我儿子居住的地方！"于是，就带孟子搬迁到街市附近居住。居住不久，孟子又和邻居的孩子玩耍，模仿街市上商人做买卖的事。孟子的母亲知道后，又说："这

个地方也不适合我的孩子居住！"于是，他们又开始
搬家。这一次，他们搬到了学宫附近。孟子便在学宫
附近向人们学习祭祀祖宗的仪式和进退朝堂的规矩。
孟子的母亲看到后说："这才真正是适合我儿子居住
的地方。"于是，孟子就在学宫附近居住下来，安心
读书。

　　孟子一生勤奋好学，在思想学术研究方面取得了重要的成果，作《孟子》七篇。他继承和发展了孔子的思想，提出了一套完整的思想体系，把孔子的德治思想发展为仁政学说。在伦理思想方面，他强调道德修养是搞好政治的根本，提出天下之本在国，国之本在家，家之本在身。后来，《大学》一书提出的一套"修身、齐家、治国、平天下"的道德修养主张，就是从孟子思想发展而来的。孟子的思想对后世影响很大，被人们尊为仅次于孔子的"亚圣"。

　　从孟母三迁的读书故事中，我们看到，一个人的居住环境与他后来的成长、成才有一定的关系。孔子在《论语》中讲过："里仁为美。择不处仁，焉得知？"孔子强调，人们居住的地方要有仁德才好。选择住处，没有仁德，怎么能算是聪明的人呢？战国时期的思想家荀子在《劝学》一文中也提出："故君子居必择乡，游必就士，所以防邪僻而近中正也。"荀子说得也很明白，君子居住时必须选择乡里，外出交游时必须接近贤士，这样才是防止自己误入邪途而接近正道的方法。

孟母断织
的故事

孟子

　　关于孟子读书的故事，除了历史上流传的"孟母三迁"的故事之外，还有"孟母断织"一说。这里讲的是孟子的母亲通过剪断织好的布来教育孟子不可荒废学业、务必用功读书的故事。

　　据清代学者王照圆《列女传补注》记载，孟子小的时候，有一次放学回到家里，看到他的母亲正在织布。孟子的母亲见他回来了，便问他："你学习怎么样了？"孟子便随口回答说："跟过去一样。"孟子母亲见他漫不经心的样子，特别生气，就用剪刀把织好的布剪断了。孟子见他母亲发这么大的火，非常害怕，就问母亲："您为什么要发这么大的火呢？"孟子母亲说："你读书漫不经心，荒废学业，就像我剪断这布一样。君子读书是为了成就好的名声，勤学好问才能不断增长知识。只有这样，才能做到居则平安无事，动则避开祸害。如果现在不好好读书，荒废了

学业，以后长大了就免不了做一个劳役，而且难以避免祸患。这与一个人以织布为生、养家糊口是同样的道理。假如一个家庭主妇织布中途废弃，不再做下去了，哪能让她的家人有衣穿？哪能做到家里长期不缺粮食呢？如果女人荒废了自己的谋生之计，不为家里提供生活物资，男人放松了自己的修养和德行，那么，这一家人的结局不是靠做强盗、小偷为生，就是靠做劳役为生了。"孟子听后惊惧不已，对荒废学业的后果很害怕。自此，孟子幡然悔悟，从早到晚勤学不止，把子思（战国时期哲学家，孔子的孙子）当作一生的老师，成为天下有名的大儒。

后人都称赞孟母教子有方，懂得做母亲的教育法则，也从孟母断织的故事中，领悟到读书需用功，不可荒废学业，更不能半途而废的道理。

学富五车的故事

惠施

　　学富五车讲的是惠施的读书故事。惠施是中国战国时期哲学家，出生于宋国。其主要活动在魏国，得到魏王重用，曾任魏相十余年，促成了魏王与齐王的会面，开启六国称王的局面。

　　学富五车的读书故事出自《庄子·杂篇·天下》："惠施多方，其书五车。""多方"即多方术，指惠施的学术广博，是多方面的。"其书"一词有两种理解，一说是惠施的藏书，一说是惠施自己的著作，多数学者倾向于后者，即惠施自己的著作。"五车"是形容数量之多。概括起来讲，"学富五车"原意是指惠施的学识广博，著作有五车之多。后人用学富五车形容读书很多，学问很大。

　　惠施勤奋读书，涉猎广泛，为他的学术成就打下了深厚的基础。在哲学上，惠施是名家"合同异"学派的代表人物。"合同异"学派认为，一切被常人

当作相异的事物都是相同的，合异于同。

　　惠施在这方面提出了"合同异"学派的十大论题，即"惠施十事"（又称"历物十事"）：一是"至大无外，谓之大一；至小无内，谓之小一"，即最大的东西没有边际，叫作"大一"；最小的东西没有内核，叫作"小一"。二是"无厚，不可积也，其大千里"，即没有厚度，不可积累，但它可以扩展到千里之大。三是"天与地卑，山与泽平"，即天与地一样低，山丘与湖泽一样平。四是"日方中方睨（nì，偏斜），物方生方死"，太阳正当中又正偏斜，万物正在出生又正在死亡。五是"大同而与小同异，此之谓小同异；万物毕同毕异，此之谓大同异"，即整体相同与局部相同是不一样的，这叫作小同小异；万物完全相同又完全不同，这叫作大同大异。六是"南方无穷而有穷"，即南方没有尽头，又有尽头。七是"今日适越而昔来"，即今天到越国去，就是昨天到越国来。八是"连环可解也"，即连环可以解开。九是"我知天之中央，燕之北、越之南是也"，我知道天的中央，在燕国的北方、越国的南方。十是"泛爱万物，天地一体也"，即博爱万物众生，天与地是一个不可分割的整体。

惠施的哲学思想和思辨能力达到了很高的水平，他注重从事物的联系和发展来分析和研究事物的差异，分析了差异的相对性，指出了差异中的同一性，对我们怎样看待事物有重要参考价值。当然，我们也不可忽视他命题中的相对主义成分。惠施提出的十大论题，蕴含了深刻的哲学思想和逻辑思想。庄子对他评价很高，认为惠施死后，再无可言之人。

从惠施学富五车的读书故事中看到，要做到学识渊博，造诣精深，并非一日之功。一方面需要坚持不懈地多读书，拓展读书的广度和深度，不断积累和充实自己，做到积跬步以致千里，积小流以成江海；另一方面需要学思结合、学用结合，做到善读书，把读书与思考问题、研究问题和解决问题结合起来，使读书不断深化，学问逐步精深。

悬梁刺股的故事

孙敬 苏秦

悬梁刺股，也称刺股悬梁，讲的是中国历史上汉代孙敬和战国苏秦这两个人的读书故事。

悬梁，是指将头发拴在房梁上。悬梁与读书有什么关系呢？据宋代翰林学士李昉等人编撰的大型类书《太平御览》卷六一一记载："孙敬好学，时欲寤寐，悬头屋梁以自课，常闭户，号为闭户先生。"寤，睡醒；寐，睡着。这里讲的是孙敬自小好学，想要夜以继日地苦读，他晚上看书通宵达旦，时间长了，有时想睡觉。为了避免晚上看书时打瞌睡，孙敬找来绳子，一头拴住自己的头发，一头拴在屋子的房梁上。当看书想打瞌睡时，只要头往下低，绳子就会拉扯头发，使人疼痛，这样就会赶走睡意，重新振作起来读书。

一些史料记载，孙敬到洛阳，在太学（中国古代设在京城的最高学府）旁边找了一间小屋，安置好自己的母亲，然后入学读书，经常自己动手，将柳木

条编成书简，在上面抄写所需要读的典籍。他惜时如金，从早到晚整天读书不止，足不出户，被人称为"闭户先生"。由于孙敬读书如此刻苦，博闻强记，后来成为一位会通古今、闻名遐迩的大学者。

　　刺股，是指用锥子扎大腿，说的是苏秦的读书故事。苏秦是战国时著名的纵横家。刘向《战国策·秦策》记载，苏秦"读书欲睡，引锥自刺其股，血流至足"。这里讲到，苏秦读书到昏昏欲睡的时候，就用锥子刺自己的大腿，鲜血一直流到他的脚上。

苏秦为何采取"刺股"这种极端的方式来鞭策自己读书呢？据《战国策》和《史记》等书记载，苏秦早年曾去当时的齐国向鬼谷子学习，后到列国游说，他的主张都没有被人采纳，一无所获，盘缠都花光了，只好回到自己的家乡。他回来时，缠着裹腿，穿着草鞋，背着书籍，肩挑行囊，形容枯槁，脸色黝黑，面有愧色。家人见到他如此落魄，对他很冷淡，妻子也没有出来迎接他，嫂子不给他做饭，父母也不搭理他。他由此感叹："妻子不拿我当丈夫，嫂子不拿我当小叔，父母不拿我当儿子，这都是我自己的过错！"由此，他痛下决心，发奋读书，将数十个书箱都打开了，得到了太公所著的兵书《太公阴符》，伏案苦读，一刻不停。每当欲睡之时，便"引锥自刺其股，血流至足"。他刻苦用功，花了一年时间，领悟了书中的道理，并用这些道理再去游说各国的君主。当时六国经过他的劝说而联合起来，共同对抗秦国。苏秦刺股读书，最后挂六国相印而衣锦还乡。

悬梁刺股，是古人用来鞭策自己读书的特殊手段和方式，今天的人们大可不必去效仿。但是，从悬梁刺股的读书故事中，我们可以去学习和领悟古人顽强的学习精神。

忍辱苦读的故事

陈平

　　忍辱苦读讲的是陈平的读书故事。陈平是西汉开国功臣、丞相，阳武（今河南原阳）人。

　　忍辱苦读的读书故事出自《史记·卷五十六·陈丞相世家第二十六》："少时家贫，好读书，有田三十亩，独与兄伯居。伯常耕田，纵平使游学。……其嫂嫉平之不视（即治理或从事）家生产，曰：'亦食糠覈（hé，麦糠中的粗屑）耳。有叔如此，不如无有。'"

　　这里说的是，丞相陈平年轻时家中贫穷，喜欢读书，有田地 30 亩，仅同哥哥陈伯住在一起。哥哥陈伯平常在家种地，听任陈平出外游学读书。陈平的嫂子对他不顾家庭、不事生产劳动的做法耿耿于怀，说他整天这样去游学读书而不劳动，就只能吃糠咽菜罢了，有这样的小叔子，还不如没有。他嫂子说这些话，既是在发泄对他的不满，也是在羞辱他。

　　从《史记》记载的情况看，陈平从小就有大的
志向，尽管他的嫂子羞辱他，陈平还是不改初衷，忍
辱读书，很想干一番大的事业。陈平所居住的乡里曾
经举行祭祀活动，祭祀活动结束之后，要把用来祭祀
的肉分给乡里的人。陈平主持分肉，他把祭肉分配得
很均匀。父老乡亲们说："陈家的孩子真是会做分割
祭肉的人！"陈平说："假使让我陈平主宰天下，也

会像这次分肉一样做到公平。"可见，陈平虽身在乡间，但心怀天下，志向远大。

在秦朝末年陈胜、吴广起义之后，六国贵族也纷纷起兵。陈平跟随刘邦，参加了楚汉战争，成为汉高祖刘邦的重要谋士，充分展示了他的聪明才智。他曾献计离间项羽群臣的关系，使项羽重要谋士范增忧愤而死，助刘邦取得天下。后来，陈平献计，为刘邦解平城之围，又建议刘邦假游云梦，逮捕韩信，与太尉周勃合力平定诸吕之乱，为西汉王朝的建立和政权的巩固发挥了重要作用。

陈平忍辱苦读的故事，说明了读书与修身密切相关。读书的目的在于修身，在于提升自己的道德情操，提高人生的思想境界。面对他人对自己的误解甚至是羞辱，陈平忍辱负重，不改初心，不断锤炼自己的品格，坚定读书的意志和决心。荀子在《劝学篇》中提出，"君子博学而日参省乎己，则知明而行无过矣"，"积善成德，而神明自得，圣心备焉"。荀子认为，读书学习的目的在于培养道德情操，涵养君子人格。君子只有广博地学习，每天省察自己，才会积善成德，见识高明，心智澄明，而行为就不会有过错。古代先贤的读书故事和至理名言，对当代的读书人都有重要的启示。

燃藜夜读的故事

刘向

燃藜夜读，又称燃藜读书或燃藜读经，讲的是刘向的读书故事。刘向是西汉经学家、文学家、目录学家，字子政，本名更生，是汉高祖刘邦同父异母弟楚元王刘交的四世孙。

燃藜夜读是讲刘向夜晚读书时，有一位老人通过藜杖吹燃灯火为他照亮读书。燃藜夜读的故事出自东晋王嘉所作的《拾遗记·卷六·后汉》一书："刘向于成帝之末，校书天禄阁，专精覃思（覃音 tán，覃思即深思）。夜有老人，着黄衣，植青藜杖（用藜草的老茎做的手杖），登阁而进，见向暗中独坐诵书，老父乃吹杖端，烟然，因以见向，说开辟已前。"

这里讲的是刘向于汉成帝年间，在天禄阁校点古籍，他每天专心致志，精益求精。一天晚上，有一位老人，身穿黄色的衣服，拄着青色藜杖，登上台阶走进了天禄阁。他看见刘向独自坐在昏暗的灯光下读

　　书，就用嘴去吹藜杖的一端，灯火顿时明亮了。老人
借着灯光和刘向见面后，就向刘向讲述开天辟地以前
的事情。

　　《拾遗记》较为详细地记载了燃藜夜读时刘向
读书的情景与收获。刘向在与老人见面之后，听老
人谈到了《洪范五行》（出自古代典籍《尚书》的内

容）。刘向担心因言辞繁复、内容庞杂而忘记，于是就撕下衣裳，解下衣带来记录老人所说的内容。一直谈书到天亮老人才离去，刘向求问老人的名字，老人说："我是太乙星，天帝听说刘姓之子中有博学多识之人，就派我下界来看看。"老人临走时还从怀里掏出一札竹简给刘向，竹简上面有关于天文地理方面的文字。

据《汉书·刘向传》记载，刘向为人简慢而不讲礼仪细节，廉正清高、乐守圣贤之道而不同一般人交往，一心探究经学，白天朗诵书传，夜晚观看星宿，有时通宵达旦。刘向在典籍整理和文学创作方面很有建树。他对西汉宫廷密藏的战国史料加以整理，排列次序，按照国别分类，定名为《战国策》。该书记载了春秋以后，各诸侯国发生的重大事件，保存了许多珍贵的史料。他还编辑整理了《楚辞》16篇，撰有《新序》《说苑》和《列女传》，"孟母三迁"的故事较早见于刘向的《列女传》。

从燃藜夜读的故事中，我们可以看到，刘向之所以成为汉代著名的经学家、文学家和目录学家，有诸多作品流传后世，是因为他具有勤于学习的刻苦精神。也正因为他挑灯夜读，才感动了天帝，得到神仙相助，给他传授各种知识，由此，他开启了研究学问的坦途，这一切都源于"勤奋"二字。

凿壁偷光的故事

匡衡

凿壁偷光也称穿壁引光，讲的是汉代匡衡的读书故事。也许有的读者会问：读书为何要凿壁呢？

凿壁偷光，出自晋代葛洪的《西京杂记》："匡衡勤学而无烛。邻舍有烛而不逮，衡乃穿壁引其光，以书映光而读之。"这里讲的是匡衡勤奋好学，但家里很贫困，没有钱买蜡烛照明。晚上读书时，他看到邻居家有烛光，光亮却照不到自家。匡衡便把墙壁凿了一个洞，借邻居家的烛光来照亮自己读书。历代许多典籍和文学作品中引用匡衡凿壁偷光的故事，以鼓励人们刻苦读书，学有所成。

从《西京杂记》、班固《汉书·匡衡传》以及其他典籍的记载来看，匡衡自小勤奋读书，他不仅留下了凿壁偷光的故事，而且留下了许多其他的读书佳话。匡衡家里世代为农，到了匡衡才爱好读书，但家里连买蜡烛的钱都没有，更无钱买书。他的同乡中有

个大户人家，很有钱，家中也有很多书。匡衡就到他家去做零工，提出不要报酬。这家的主人感到很奇怪，问他为什么这样做。他说："我希望能将你家所藏的书全部读一遍。"主人听了，深为感叹，就把书借给他读，以此作为他做零工的报酬。后来，匡衡成了大学问家。当时许多读书人对匡衡评价很高，称赞他说："匡衡来了，就不要讲诗；匡衡一讲诗，大家都开颜欢笑。"很多学者向朝廷推荐匡衡，称他通晓经术，学有师传，当世无双，应当让他去京师为官。匡衡出仕以后，历任九卿之职，多次上疏陈述对国家有利的意见并得到采用。匡衡通古博今，经学绝伦，受人敬重，成为汉代著名经学家和政治家。《汉书·匡衡传》还记载，匡衡重视子孙读书，诗书继世，书香传家，后世子孙之中出了很多博学鸿儒。

凿壁偷光的故事，流传久远，历久弥新。从匡衡凿壁偷光的故事和以工代读的佳话中，我们既能学习古代先贤刻苦读书、好学不倦的精神，也能领悟到读书对一个人、一个家庭、一个民族、一个国家的重要作用。

扬雄好学
的故事

扬雄

　　扬雄是西汉哲学家、文学家、辞赋家，字子云，蜀郡成都（今四川成都）人。扬雄一生勤奋好学，以辞赋而闻名，得到汉成帝的重视，任给事黄门郎，曾校书于天禄阁，后召为大夫。

　　扬雄好学的读书故事出自《汉书·卷八十七·扬雄列传第五十七》："雄少而好学，不为章句，训诂通而已，博览无所不见。"《汉书》详细记载了扬雄的人生经历、读书故事和各项成就。扬雄小时候勤奋好学，不拘泥于典籍文献的逐字逐句解释，但求通晓字词的解释而已。他博览群书，无所不读。为人平易宽和，因口吃而不能流利讲话，故沉默好思，清静无为，没有什么嗜好欲望，不追逐富贵，不担忧贫贱，不刻意修炼品性在世上博取名声。他家产不超过十金，穷得没有一石余粮，却很安然。自身胸怀博大，不是圣哲的书不喜欢，不符合自己意愿的事情，即使能富贵也不干。他40岁后，游学京师，经人举荐被召入宫，出仕为官，但一直很喜欢辞赋，著书立说。

在辞赋方面，扬雄创作了《甘泉赋》《羽猎赋》等，用词构思华丽壮阔。此外，还有《解嘲》《逐贫赋》《酒箴》等，自述情怀，哲理深刻，很有特点。

扬雄在哲学思想方面颇有成就。他模仿《周易》写作《太玄》，模仿《论语》写作《法言》，其哲学思想主要体现在这两部著作之中。扬雄将"玄"视为他哲学体系的最高范畴，认为"玄"是天地的本原，也是气的根源，万物是天地相互作用的结果。天地万物是对立的统一，对立面相互转化，相互推移，具有丰富的辩证法思想。

扬雄反对迷信和谶纬之学，肯定知识的重要，认为渡海须用舟，乘舟要用楫，所以人必须有知识。他主张加强道德修养，提出人之性善恶相混，表现为善或恶，决定于学与修。扬雄的思想学说，对后世影响深远。两汉之际的哲学家桓谭认为扬雄超过了先秦诸子，唐代文学家韩愈将扬雄与孟子、荀子相提并论，北宋史学家司马光称赞扬雄为大儒。

扬雄不仅好学，学有所成，而且在好学读书方面很有见解。桓谭在《新论》中谈到，他曾经想向扬雄学习如何写赋，扬雄告诉他："能读千赋则善赋。"意即能将赋读上千遍，就能写好赋，这也是扬雄读书

的经验体会。

扬雄在《法言》中对何谓"好学",提出了他的独到见解:"学以治之,思以精之,朋友以磨之,名誉以崇之,不倦以终之,可谓好学也已矣。"在扬雄看来,所谓"好学",可从五个方面来衡量:一是要以认真严谨的态度去学习、去探究;二是要精心思考;三是要与志同道合的人去切磋琢磨;四是只求学以成名,不计功名利禄;五是做到始终如一,孜孜不倦。如能做到这五条,就可以说是好学了。

由此看来,好学的要求并不低。不过,扬雄就是这样去做的,他为我们作出了榜样。我们今天读书学习的条件比扬雄所处的时代要好得多,只要立志于学,下决心读,做到"好学"也是完全可能的。

目不观园的故事

董仲舒

目不观园，又称目不窥（kuī）园，也称下帷读书，讲的是董仲舒的读书故事。董仲舒是西汉政治家、哲学家，为儒家学说的发展作出了重要贡献。

目不观园是指董仲舒专注看书，眼睛从不观看自家园圃的景色。故事最早出自《史记·儒林列传》："董仲舒，广川人也。以治《春秋》，孝景时为博士。下帷讲诵，弟子传以久次相受业，或莫见其面，盖三年董仲舒不观于舍园，其精如此。进退容止，非礼不行，学士皆师尊之。"

据《史记》记载，董仲舒是广川郡（今河北景县）人。由于他研究《春秋》有造诣，汉景帝时拜他为博士。他曾居家讲学，为了专心致志，放下室内的帷幕授课。由于到董仲舒府上求学的人很多，他做不到一一亲授，弟子之间便依学辈先后授业相传。所以，有的弟子甚至没见过董仲舒的面。董仲舒一心专

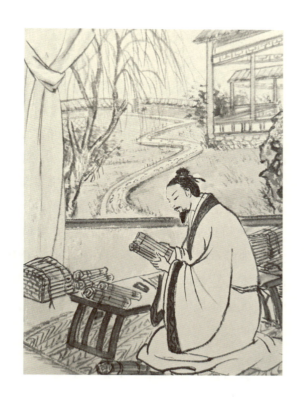

　　注于治学读书，足不出户，以至于三年时间都没有去
过自家房屋旁边的园圃散散步，看看景色，他治学
读书心志专一到了如此程度。他出入时的仪容举止，
无一不合乎礼仪的规矩，读书人都以他为师，很敬
重他。

　　自《史记》之后，中国古代一些史书和文学作
品也记载了董仲舒的读书故事。如《汉书·董仲舒

传》："盖三年不窥园，其精如此。"此处，由《史记》记载的"观园"变成了《汉书》记载的"窥园"。《聊斋志异·红玉》也有类似记载："但请下帷读，勿问盈歉。"由此，衍生出"下帷读书"的故事。

从《史记》《汉书》中的记载可看到，董仲舒曾经短期出仕，但不久就称病辞官回家，直至逝世都不曾为自己谋取家财，而是一心以读书、研究学问和写作论著为主要的事业。所以，自汉朝开国以后历经五朝，其间只有董仲舒对《春秋》最为精通，名望很高，他师承传授的是《春秋》公羊学。他提出的"罢黜百家，独尊儒术"的建议为汉武帝所采纳，提出的"天人感应说"对后世影响深远。董仲舒的著作，都是阐明儒家经学意旨的，总共 123 篇，都流传到了后世。

从目不观园的故事看到，无论是读书还是做学问，如果三心二意，可能一事无成。如要有所成就，就需要做到一心一意，目不转睛。

倪宽

带经而锄
的故事

带经而锄讲的是倪宽的读书故事。倪（Ní）宽，是西汉御史大夫，千乘郡千乘县（今山东东营市广饶县）人。

带经而锄是指倪宽带着经书去锄地，利用耕种休息之余来阅读经书。这个读书故事出自《汉书·卷五十八·传第二十八·兒（通倪）宽》："兒宽，千乘人也。治《尚书》，事欧阳生。以郡国选诣博士，受业孔安国。贫无资用，尝为弟子都养。时行赁作，带经而锄，休息辄读诵，其精如此。"在文献记载和民间传说中，对倪宽的姓名有两种称呼，有的叫倪宽，有的叫兒宽（或儿宽）。在古代，"兒"字通"倪"。《王力古汉语字典》对"兒"字的注音和解释有两条，其中第二条，注音为 ní，音倪，解释为姓，汉有御使大夫兒宽。《辞海》对"倪"的解释为"倪"通"兒"。因此，《汉书》中兒宽即倪宽。

　　《汉书》较为完整地记载了倪宽的读书故事和人生经历。倪宽早期拜欧阳生为师，悉心研读《尚书》，后来国家要选拔学问精深的博士，他便到孔安国门下学习。他家里贫困，无钱供他的学费，他只得为同门弟子做饭，以此换取一些学费。有时，还要出去打工，帮人干农活，他就带着经书去锄地耕种，休息时便诵读经书，他读书学习达到了如此用功的程度。

倪宽为人温和良善，有真才实学，写得一手好文章。他开始在廷尉府为官时不善言辞，显得英武不足，得不到重用，被派到北地去管理畜牧。后来又回到廷尉府，在一次参与为皇帝写奏章时，显示了他的才华。奏章呈上去之后，得到皇帝赞许，被举荐为侍御史。后来有机会觐见皇帝，与皇帝谈经学。皇帝问了他《尚书》的一篇文章，皇帝听了非常高兴，提拔他为中大夫，又晋升他为左内史，后任御史大夫。倪宽礼贤下士，深得民心。他在政事和社会管理方面，采取诸多措施，减免赋税，鼓励农业耕作，减缓刑罚，整理案件。他选用仁义宽厚之士，体恤百姓疾苦，不追求名利声望，得到了百姓的拥戴。倪宽任御史大夫九年，在任上去世。

倪宽读书刻苦，带经而锄，学有成就。从他的读书故事中，我们看到，倪宽善于将熟读经书的学问，运用到社会实践，特别是运用到社会管理之中，体恤民生疾苦，减轻百姓负担，鼓励农耕，推动经济发展。这种读行结合的学习精神值得我们学习。西汉哲学家扬雄提出，"读而能行为之上"。读书学习最重要的是要见诸行动，做到知与行相统一。

温舒编蒲
的故事

路温舒

　　温舒编蒲讲的是路温舒的读书故事。路温舒，字长君，西汉巨鹿东里（今河北）人，狱吏出身，官至临淮太守。

　　温舒编蒲的故事出自《汉书卷五十一·贾邹枚路传第二十一·路温舒》："使温舒牧羊，温舒取泽中蒲，截以为牒，编用写书。"文中"牒"是指用来写字的简札，"蒲"即蒲草。从文中记载来看，温舒编蒲是指路温舒在放羊时，顺便把湖泽中的蒲草取来，编成类似简札的书写用品，以方便自己抄写文字。

　　路温舒自小爱好读书，但家里贫困，没有钱为他买书写用品，他只好自己动手，利用放羊的时间，将蒲草编成简札，解决了写字读书的难题。据《汉书》记载，路温舒自学能力很强，待学习稍有收获时，他就请求做狱中的小吏，由此开始学习律令，不久被提为狱史。当时，县中有疑难之事都来问他。太

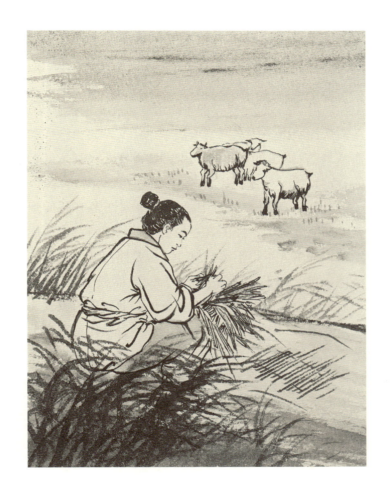

守来到县里，看到他的才干后感到很惊异，便让他代
理了曹史。他不满足自己学习方面的进步，又开始钻
研《春秋》一书，了解掌握了其中的大义，被举为孝
廉，后任县丞，直至太守。

路温舒有一篇著名的文章流传至今，即《尚德缓刑书》，文章收录于清代吴楚材、吴调侯编选的《古文观止》。这篇文章是路温舒给汉宣帝刘询的上书，提倡"尚德缓刑"，即崇尚道德教化，推崇仁义，精简法律制度，放宽严刑峻法。这篇文章写得"辞顺而意笃"，提出的一些主张和建议得到了汉宣帝刘询的肯定。

从温舒编蒲的故事中，我们得到许多有益的启示。在家庭贫困、经济窘迫的情况下，坚持读书实属不易，许多人不得不选择放弃。但是路温舒不畏艰苦条件，自己动手，在湖中采集蒲草，做成书写用品，创造条件也要读书写字。无独有偶，北宋政治家、文学家欧阳修，也因为家里贫穷，坚持以荻作笔，在地上学习写字，后成为一代名家。在困境面前，有的人选择放弃，有的人选择坚持，主要的区别在于有没有坚定的理想和意志，能不能舍得吃苦。人们如果有理想追求、有坚定的意志、有刻苦读书的精神，就会像路温舒和欧阳修那样，想尽一切办法，创造一切条件去读书学习。

买臣负薪的故事

朱买臣

　　买臣负薪讲的是朱买臣的读书故事。朱买臣是西汉吴县（今江苏苏州）人，字翁子，早年以卖柴为生，后通过读书成才，官至会稽太守、主爵都尉。

　　买臣负薪的读书故事出自《汉书·卷六十四上·传第三十四上·朱买臣》："朱买臣，字翁子，吴人也。家贫，好读书，不治产业，常艾（音 yì，通刈，即割）薪樵，卖以给食，担束薪，行且诵书。"

　　《汉书·朱买臣传》简要记述了朱买臣的读书故事和自学成才的人生经历。朱买臣家里贫穷，但他喜爱读书，不善于管家置业。为了维持生计，常常割草砍柴，把柴卖了来换取粮食。他出去卖柴时，肩上担着一捆柴，边走边高声读书。他的妻子也背着柴跟着他走，多次阻止朱买臣不要在路上高声诵读，朱买臣读书的声音反而更大了。妻子因劝不了他而感到羞愧，要求与他离异，不再与他在一起生活了。朱买臣

笑着说:"我到五十岁时命该富贵,现在已经四十多了。你为我辛苦这么多年了,等我富贵的时候,再报答你的功劳。"妻子气愤地说:"像你这样的人,最终只会饿死在渠沟里面,怎么能够富贵呢?!"朱买臣没有办法留住她,就只好让她离开了。此后,朱买臣还是和以前一样,一个人在卖柴的路上边走边高声诵读。几年以后,朱买臣经人介绍,跟随他人当差,并一起到了都城长安。正好遇到在朝中为官的同乡中大夫严助。严助向汉武帝举荐了朱买臣。朱买臣得到召见后,在汉武帝面前讲解《春秋》《楚辞》,汉武帝听了很高兴,任命朱买臣为中大夫,与严助同为侍中,后来又任命朱买臣担任会稽太守。朱买臣接到诏书领军出征,与横海将军韩说等人一起打败东越国,取得战功,后被征召入京做主爵都尉,位列九卿。

　　从买臣负薪的读书故事来看,朱买臣的读书人生在古代很有代表性。朱买臣在生活贫困、人生低谷,甚至他的妻子看不起他、离他而去时,始终对读书充满热爱,抱有追求。他乐观豁达,内心淡定,意志坚定,不以卖柴为耻,不以贫困为辱,始终相信读书能充实自己,读书能改变命运,学习能成就人生,这就是读书的力量!

博览群书
的故事

王充

　　博览群书讲的是王充的读书故事。王充是东汉思想家、哲学家，字仲任，会稽上虞（今浙江绍兴）人。他的读书人生与学术人生交相辉映，所作《论衡》是中国思想史上的一部名著，涉猎广泛，见解独到，对后世影响深远。

　　王充博览群书的读书故事出自《后汉书·卷四十九·王充》："充少孤，乡里称孝。后到京师，受业太学，师事扶风班彪。好博览而不守章句。家贫无书，常游洛阳市肆，阅所卖书，一见辄能诵忆，遂博通众流百家之言。"

　　这里讲到，王充少年时丧父，乡里的人都称赞他很孝顺。后来到了京城，在洛阳的太学上学，拜扶风人、东汉著名史学家班彪为师。他喜欢博览群书，却不拘泥于书中或文章里的观点和语句。他家里贫困，买不起书，便经常去洛阳的市肆，阅读他人所卖的书，这反而练就了他"立读"（站立看书）的本领，培养了他过目成诵的能力，看一遍就能背诵记住，由于他博览群书，因而通晓了各家各派的观点学说。

王充好读书的习惯是从小养成的。他在《论衡·自纪篇》中较为全面地介绍了自己的家世、生平、游学、仕宦、操行、思想、著述，记载了他早年的成长经历和读书生活。王充幼年时就不喜欢与小孩子们嬉戏打闹，6岁开始认字写字，为人恭敬老实，仁爱顺从，对同辈和长辈都很有礼貌，有很大的志向。8岁就离家去书馆上学，后来又受人指点，学习《论语》《尚书》，每天背诵1000多字。这样，经书学懂了，品德修养也养成了。长大成人后，他开始独立钻研学问，所读之书越来越多，视野也越来越广。他无论为学还是出仕，都做到"处逸乐而欲不放，居贫苦而志不倦"，饱读古文经典，吸纳各家之言。

王充博览群书，也成就了他的学术人生。王充是东汉时期唯物主义哲学家的代表人物，他以"元气"为始基，建立了较为完整的唯物主义哲学体系，提出由元气产生万物，"天地合气，万物自生"，批判和否定了流行于汉代的"天人感应"和谶纬之学，断然否定灵魂不灭和鬼神论，认为实效、事实是检验认识是否正确的标准。在历史观上，反对崇古非今，认为历史是不断发展进步的。

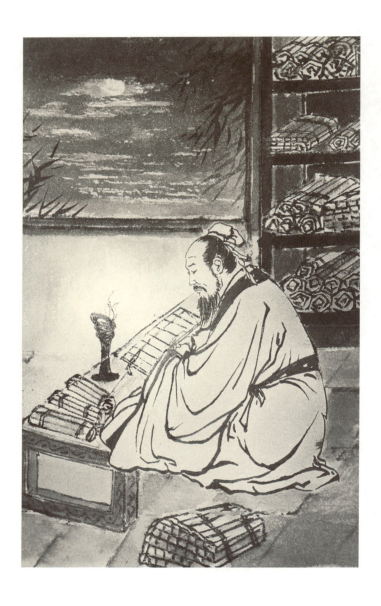

　　王充的思想学说主要体现在他所著《论衡》一书之中。他历时30年写成《论衡》，共计20余万字，存目85篇，佚失1篇，实存84篇。"论衡"之意，是"立真伪之平"，即对古往今来一切学说、思潮加以衡量，评论是非，批判虚妄之说。王充在总结前人自然科学成就、继承古代唯物主义思想的基础上，系统阐述了自己的唯物主义哲学观。

　　王充博览群书的读书故事，给后人诸多启示，最主要的有两个方面：一是只要立志好学，一心想读书，即使买不起书，也能读遍群书。王充的时代，纸张和书籍都很贵，他买不起书，便想办法到市肆中去看书。他不惧"立读"之苦，读遍京城所有书籍，这就是立志读书的榜样。二是只有博览群书，博采众长，才能做到学识广博、学有大成。王充除了写作《论衡》之外，还著有《讥俗》《节义》《政务》《养性》等，从中可看出，王充涉猎广泛，知识渊博，可以称之为百科全书式的人物。所以，在阅读条件得到很大改善的今天，书籍无处不在，阅读设施无处不有，我们更要向王充学习，做到广博学习，学有所成。

高凤流麦的故事

高

凤

　　高凤流麦，讲的是东汉名儒高凤的读书故事，后人常用高凤流麦这一典故来形容专心致志地读书。

　　高凤流麦出自《后汉书·逸民列传·高凤》："高凤字文通，南阳叶人也。少为书生，家以农亩为业，而专精诵读，昼夜不息。妻尝之田，曝麦于庭，令凤护鸡。时天暴雨，而凤持竿诵经，不觉潦水（即积水）流麦。妻还怪问，凤方悟之。其后逐为名儒，乃教授业于西唐山中。"

　　这里讲的是，高凤在他年少还是书生的时候，家里虽以种田为业，但他却专心诵读诗书，白天黑夜都不停息。成家之后，他的妻子曾经有一次到田地里去干活，庭院里晾晒着麦子，让高凤照看一下，以防鸡吃麦子。高凤一手拿着竹竿看护，一手捧着书本读书。后来突然下了暴雨，高凤也没有发觉。妻子回来后责问他，高凤醒悟过来，才知道天下雨，麦子被暴

雨冲走了。由此可见高凤读书是何等专注。根据《后汉书·逸民列传·高凤》的记载，高凤到暮年，仍然孜孜不倦，潜心读书治学，传道授业。即使太守召请，他也不愿出仕为官，后来成为大儒，闻名于天下。

　　在中国古代典籍中，除了记载高凤流麦的读书故事之外，还留下了许多关于专心读书的故事，如读书亡羊之说。读书亡羊，又称挟策读书，这个故事出自《庄子·外篇·骈拇》："臧与谷（臧即男仆，谷即谷，童仆），二人相与牧羊而俱亡其羊。问臧奚事，则挟筴（同策，即竹简）读书；问谷奚事，则博塞（掷骰子）以游。二人者，事业不同，其于亡羊均也。"

这里讲述的是男仆和童仆两人一起去放羊，把羊全弄丢了。问男仆当时在做什么？他手执竹简读书。问童仆当时在做什么？他掷骰子游玩。这两个人所做的事不同，却同样丢失了羊。因此，人们用"读书亡羊"这个成语来形容那些专心致志、勤奋读书的人。

从高凤流麦和读书亡羊的故事中，我们看到，古往今来，一个人读书要有所成就，有所收获，不能三心二意，必须做到专心致志，心无旁骛。眼里看的，心里想的，只有书籍，别无他物。

贾逵

隔篱听书
的故事

　　隔篱听书，也称隔篱偷学，讲的是贾逵的读书故事。贾逵是东汉经学家和天文学家，字景伯，扶风平陵（今陕西咸阳）人。

　　隔篱听书是指贾逵小时候隔着篱笆听邻居家读书，故事出自东晋时期王嘉所作的《拾遗记·卷六·后汉》。《拾遗记》一书是一部志怪小说集，记述了从上古庖牺氏、神农氏至东晋各代的历史异闻。书中记载了贾逵年少时的读书传奇："贾逵年五岁，明惠过人。其姊韩瑶之妇，嫁瑶无嗣而归居焉，亦以贞明见称。闻邻中读书，旦夕抱逵隔篱而听之。逵静听不言，姊以为喜。至年十岁，乃暗诵《六经》。姊谓逵曰：'吾家贫困，未尝有教者入门，汝安知天下有《三坟》《五典》而诵无遗句耶？'逵曰：'忆昔姊抱逵于篱间听邻家读书，今万不遗一。'"

　　这里讲的是，贾逵 5 岁的时候，聪明过人。他姐姐是韩瑶的妻子，嫁给韩瑶之后一直没能生孩子而被休回家居住，也因为坚贞清白的节操而为人称赞。贾逵小时候，姐姐听到邻居家有读书声，无论早晚都会抱着贾逵隔着篱笆去听邻居家读书。贾逵总是静静地听着，一句话也不说。姐姐很高兴。到贾逵10岁的时候，他竟然能背诵《六经》（即《诗》《书》《礼》《乐》《易》《春秋》）。姐姐问贾逵："我们家生活贫穷，从来没有教书先生来过我们家，你是怎么知道天下有《三坟》《五典》（传说中我国最古老的典籍），还能够背诵且一字不漏呢？"贾逵说："回忆过去姐姐抱着我在篱笆边上听邻居家读书，那时我都记在心里，今天背诵才会一点也不遗漏。"

《拾遗记》还描述了贾逵更多的读书佳话。贾逵曾经剥下自家庭院中的桑树皮做成书简，有时也将书中的内容写在门扇上，一边背诵一边书写。一年之后，所有的经书他都背诵并抄写了一遍。当时邻居中经常有人来看贾逵背诵抄书，都称赞贾逵的才学无人能比。想要拜贾逵为师的人，不远万里而来，他们有的甚至背着儿子、孙子，在贾逵家旁边住下来，贾逵都亲口给他们传授经文。人们赠送给他的粮食堆满了仓库，以至于有人说："贾逵不是靠着力气耕作获得粮食，而是靠诵读经书，让自己的口舌劳累而获得粮食，这就是后世所谓'舌耕'的来历。"

据《汉书·卷三十六·贾逵传》记载，贾逵学有所成，特别是对《左氏传》《国语》有研究，写有这两部书的《解诂》51篇，上疏献给皇帝，得到重视，皇帝令人将它抄写一份藏在秘馆里面。贾逵所著经传义诂等有100多万字，又作诗、颂、书、连珠等共9篇。他不仅在古文经学传授方面发挥过重要作用，而且在天文学方面也有重要贡献。他指出月行速度最大的位置每个月向前移动三度。东汉灵台（皇家天文台）上用的黄道铜仪就是在他的倡议下建造的。

从贾逵隔篱听书的故事中，我们看到无论读书的条件多么困难，一个一心想读书的人，都会去克服困难，创造读书的条件，找到读书的载体，寻求读书的方式，达到读书的目的。即使自己无书，也可听他人读书。在现代社会，找书、看书不是难事，书无处不在，或在线下，或在线上。不是人找书，而是书找人。我们应当学习古人那种勤奋读书、一心向学的执着精神。

削荆为笔
的故事

任末

削荆为笔讲的是任末的读书故事。任末是东汉学者、教育家，字叔本，蜀郡（今四川成都）人。

削荆为笔是指任末将荆树枝削成笔，用以读书写字，以此反映他自幼勤奋好学的精神。削荆为笔的读书故事出自晋代王嘉《拾遗记·卷六·后汉》："任末年十四时，学无常师，负笈（jí，书箱）不远险阻。每言：'人而不学，则何以成？'或依林木之下，编茅为庵（ān，圆形草屋），削荆为笔，克树汁为墨。"

这里讲的是任末14岁时，学习还没有固定的老师，他背着书箱游学，不怕路途遥远，不惧艰险难行。他常说："人如果不学习，那凭什么能成功呢？"他有时寄住在树林之中，编织茅草搭成圆形草屋，用以栖居。他克服无钱买纸买墨的困难，将荆树枝削成笔，用树汁做墨，用以读书写字。

《拾遗记》和《后汉书·任末》记述了任末读

书、治学的故事。任末栖居野外和树林之中，晚上他就在星星和月光的映照之下读书，如果光线太暗就扎一束麻秆，点着照亮看书。他读书的时候，如果有心得感悟要表达时，就写在自己的衣服上。他的弟子非常钦佩老师的勤学精神，就拿干净的衣服换下老师写过字的衣服。任末坚持读经典和圣人之言，如果不是圣贤之人的文章，任末就不会看。《河图》《洛书》中隐秘深奥的义理，在正统典籍中没有相关记载，任末就把他学习的心得感悟都写在房柱、屋壁以及园林的树木上，那些仰慕他的好学之人，来到这里就都抄写下来。当时的人们称任末的住所为"经苑"。

任末年轻时学《齐诗》，游学京师，教授弟子十多年，培养了一批经学人才。他临终的时候告诫弟子说："夫人好学，虽死若存；不学者虽存，谓之行尸走肉耳！"他这里讲到了读书学习与人生意义的关系，即好学不倦的人，就是死了犹如活着；不学无术的人，即使活着也如同行尸走肉而已！

从削荆为笔的读书故事中看到，1800多年前的学者任末，对读书与人生的思考相当深刻。"夫人好学，虽死若存；不学者虽存，谓之行尸走肉耳！"从此，"行尸走肉"便成为一句成语，意思是可以走动的尸体，没有灵魂的肉体，比喻不学无术、精神空虚、庸碌无为、不求上进、糊涂过日子的人。读书与人生紧密相关。读书的人生与不读书的人生，是完全不一样的人生！读书的人生，"虽死若存"；不读书的人生，如"行尸走肉"。读书穿透古今，会通中外，仰观宇宙，参透人生，与圣贤交流，向大师学习，开阔了眼界，增长了知识，启迪了智慧，培育了道德情操，使人生更有意义。读书增加了人生的长度，拓展了人生的宽度，提升了人生的高度。所以，要使人生更有意义，更有价值，就应当做一个好学不倦的人！

积石为仓
的故事

积石为仓讲的是曹曾的读书故事。曹曾是东汉学者、藏书家，字伯山，济阴（今山东菏泽）人。曹曾本名曹平，因为仰慕孔子的学生曾参的品行，所以改名为曹曾。积石为仓是指曹曾聚积石头建造了一个仓库用来藏书，被人们称为"书仓"。曹曾为何要建这么一个书仓呢？

积石为仓的故事出自《拾遗记·卷六·后汉》："及世乱，家家焚庐，曾虑先文湮没（湮音 yān，湮没即埋没），乃积石为仓以藏书，故谓曹氏为'书仓'。"这里讲的是东汉初期天下大乱，很多人家的房屋被焚毁，曹曾担心先哲的典籍被埋没、散失不存，就聚积石头建造了一个仓库用来藏书，所以人们又称曹家为"书仓"。

据晋代王嘉《拾遗记·卷六·后汉》和《后汉书·卷七十九上·儒林列传第六十九上·曹曾》的记

载，曹曾家中很富有，但他为人仁厚，尽孝尽礼地侍
奉双亲。他去别人家做客，每当看到父母没有吃过的
东西，他就会拿一些藏在怀里，带回来让父母吃。有
一年天下大旱，井水和池塘的水都干枯了。曹曾的母
亲想喝甘甜清凉的泉水，曹曾就拿着瓶子跪在地上，

甘甜清凉的泉水竟然从地下冒了出来，并且比一般的泉水还要清凉好喝。他的弟子中凡是家庭贫困的，曹曾都会供给他们食物。

曹曾刻苦读书，师从东汉大臣、经学家欧阳歙（xī）学习《尚书》，打下了深厚的经学功底，后收弟子3000人。曹曾对从先秦流传下来的珍贵图书中文字讹误、脱落的地方，都一一作了校正，经他校正的图书有一万多卷。当时天下大乱，很多人家的房屋被焚毁，曹曾担心先哲的典籍散失不存，就聚积石头建造了一个仓库用来藏书，保护这些典籍，所以人们又称曹家为"书仓"。到汉光武帝平定天下后，朝廷开始征收天下遗书，曹曾便将自己收藏的书主动捐献出来，只见车马相接，图书一辆接着一辆地运送到了帝王的府库。曹曾读书、校书、藏书、捐书的故事传为佳话，流传至今，为人称道。

曹曾积石为仓的故事，是一个读书、校书、藏书、捐书的故事，体现了一个读书人高尚的文化情怀。图书典籍是文化传承的重要载体，也是文明得以传播的种子。曹曾不仅喜欢读书，还聚财以购书，收藏天下之书，其目的是保护上古流传下来的文化典籍，善莫大焉！他向朝廷无私捐献出这些图书，让天下读书人一起分享、一起阅读，这种文化情怀值得我们学习。

学问之海
的故事

何休

　　学问之海讲的是何休的读书故事。何休是东汉著名的今文经学家，字邵公，任城樊（今山东济宁）人。

　　学问之海是形容何休读书很多，学问像大海一样渊博。学问之海的读书故事出自《拾遗记·卷六·后汉》："京师谓康成为'经神'，何休为'学海'。"这里讲的是，当时京城的人称东汉的大学者郑玄（字康成）为"经学之神"，称何休为"学问之海"。

　　据《拾遗记·卷六·后汉》和《后汉书·卷七十九下·儒林列传第六十九下·何休》的记载，何休为人质朴，说话有点结巴，但是头脑聪明，思想深邃，精研《六经》，当时的儒生没有赶得上他的。他对《三坟》《五典》都很熟悉。《三坟》《五典》是中国古代传说中的书籍，定义有所不同，通常指上古时代的文献典籍。三坟指的是伏羲、神农、黄帝的书，讲的是大道；而五典则是指少昊、颛顼、高辛、唐

尧、虞舜的书，讲的是常道。何休对阴阳、术数、河图、洛书、谶纬之学以及古代的谚语、历代的典籍图书都有研究，没有他不会背诵的。他的弟子中有人请教问题时，他就用笔写出来，用嘴却不能表达。他曾著有《左氏膏肓》《公羊墨守》《穀梁废疾》，人们称这三部著作为"三阙"。这三部著作所阐发的义理深奥精微，不是学识渊博的人，是不可能读懂的。何休作《春秋公羊解诂》，深思冥想，17年不出门户。注释考证《孝经》《论语》，不拘泥文字。又以《春秋》驳汉朝事600余条，妙得《公羊》本意。后来，探求学问的人们不远千里，背着粮食来到他的门下，就好像小溪奔赴大海一样，所以京城的人称赞何休为"学问之海"。

学问之海的读书故事，是形容何休读书很多，学问像大海一样渊博。这个故事也蕴含了一些读书的深刻道理：一是学问之海不是短时间能够形成的，正如战国时期哲学家荀子所言："不积小流，无以成江海。"不汇集细小的溪流，就不能成为江海，学问也是如此。学习若从细微处用功，积少成多，积水成渊，终将成为学问之海。二是只有学问之海才能载起成才之舟。早在三国时期，政治家诸葛亮就讲："非学无以广才，非志无以成学。"他强调，不学习就难以增长才干，不立志就难以学有所成。在当代社会更是如此，一个人要有所成就，要成为有用之才，就必须筑牢知识的基础。

朱穆耽学

的故事

朱穆

　　朱穆耽学讲的是东汉大臣朱穆的读书故事。朱穆，字公叔，东汉南阳郡宛（今河南南阳）人，曾任侍御史、尚书。

　　朱穆耽学，是讲朱穆勤奋刻苦学习，达到了痴迷的程度。耽，痴迷、沉迷、沉溺之意。朱穆耽学的读书故事出自《后汉书·卷四十三·列传三十二·朱穆》："穆字公叔。年五岁，便有孝称。父母有病，辄不饮食，差乃复常。及壮耽学，锐意讲诵，或时思至，不自知亡失衣冠，颠坠坑岸。其父常以为专愚，几不知数马足。穆愈更精笃。"

　　这里讲的是朱穆5岁时，就有孝顺的名声。父母生病时，他就不吃不喝，直到父母的病好了，才肯吃饭。朱穆长大成人后，他勤奋刻苦学习，达到了痴迷的程度。他锐意攻读，有时边读边沉思，自己都不知道丢失了衣帽，走路时常掉到土坑里。他的父亲认

为朱穆读书读得愚蠢了，甚至不知道马有几条腿。但朱穆不以为然，读书更加专心致志了。

　　朱穆后来被举荐为孝廉，出仕为官。他刚直不阿，屡次上书或面谏要求罢除宦官，遂遭排挤诋毁。当时，同郡人赵康，在武当山隐居，教授学生经书，不肯出仕为官。朱穆年已 50 岁时，还捧着经书，向赵康自称弟子。及至赵康去世，朱穆异常悲痛，以对待老师之礼，为赵康服丧。朱穆尊德重道，被当时人称颂。朱穆崇尚敦厚，常感到世事浇薄，于是写作《崇厚论》一文。文中提出："天不高大，无以覆盖四野；地不深厚，无以承载万物；人不敦厚，无以理解道义。"朱穆为官数十年，布衣蔬食，家无余财。朱穆坚守节操，为官清廉，谨守道义，至死不变，得到人们的赞誉。朱穆生前撰写的论、策、奏、书、诗、记等，有 20 篇存世。

　　从朱穆耽学的读书故事中，我们体会到，读书也有多重境界。一个人读书学习的成效，与一个人读书学习的境界有着密切的关系。孔子在《论语》中提出了读书的三重境界，即知学、好学、乐学。子曰："知之者不如好之者，好之者不如乐之者。"在孔子看来，为学读书与做事一样，懂得它的人不如喜爱它的人，喜爱它的人又不如以它为乐的人。由知学，到好学，再到乐学，这就是读书人需要不断提升的三重境界。清代文学家、《聊斋志异》的作者蒲松龄曾谈道："书痴者文必工，艺痴者技必良。"认为痴迷读书的人，提笔就能写出漂亮的文章；痴迷一项技艺的人，其技术一定是非常精良的。由此看来，读书还有第四重境界，这就是痴迷的境界，即朱穆耽学的境界。如果一个读书人达到了读书痴迷的境界，则学必成，成必果。

邴
原
泣
学
的
故
事

邴
原

邴原泣学讲的是邴原的读书故事。邴（Bǐng）原，字根矩，东汉末年、三国初期北海国朱虚县（今山东潍坊临朐县）人，曾经是曹操手下的属官，当过司空掾（yuàn，古代属官）、丞相征事和五官将长史。

邴原泣学是讲邴原因贫穷不能上学而哭泣流泪的读书故事。这个故事出自陈寿著《三国志·卷十一·邴原》裴松之注解："原十一而丧父，家贫，早孤。邻有书舍，原过其旁而泣。师问曰：'童子何悲？'原曰：'孤者易伤，贫者易感。夫书者，必皆具有父兄者，一则羡其不孤，二则羡其得学，心中恻然而为涕零也。'"

《三国志·邴原传》和李贽（明代）撰《初潭记·卷十二》，较为详细地记述了邴原泣学的原因和以后读书的人生经历。邴原 11 岁时丧父，家中贫困，

从小就是孤儿。他的邻居家设有书馆（即读书的学堂），邴原经过书馆时伤心哭泣。书馆的老师问他："孩子，你为什么悲伤哭泣呢？"他回答说："孤儿容易伤心，穷人容易感慨。我看到书馆里读书的孩子，家里都有父兄爱护照顾，一来羡慕他们不是孤儿，二来羡慕他们有学习的机会，对比自己，既孤苦伶仃，又不能上学，心中凄然，禁不住流泪哭泣。"书馆的老师被邴原的一番话感动了，对他说："想读书是可以的。"邴原说："我没有钱交学费。"老师告诉他："孩子，你只要有志向，我来教你，不收你的学费。"于是邴原就入学了，仅一个冬天的时间，他就能背诵《孝经》《论语》，可见邴原在童年时代就如此出类拔萃了。

后来，邴原外出求学，背着书箱，徒步行走，苦身持力，拜访名师，增长了自己的学问。他出仕之后，严格要求自己，做到闭门自守，不是公家事务不出门参与。人们评价他的德行纯正美好，清廉洁净足可以激励凡俗，坚贞自守足可以求取事功，正是所谓龙凤的羽翼、国家的重宝。认为推举任用他，将使不讲仁德的人远离。

邴原泣学的读书故事告诉我们，一个人的志向在读书学习中起着重要的作用。汉魏之际的文学家徐幹说："志者，学之师也。"一个人的志向，有犹如老师那样的作用。在邴原孤苦伶仃、贫困无助而想上学读书之际，能得到书馆老师的帮助，就是因为邴原有志向，立志读书，真心想学。读书学习是一个长期而又艰苦的过程，有志向就能坚持不懈，攀登高峰！

刮目相待
的故事

吕蒙

刮目相待也称刮目相看，讲的是三国时吕蒙的读书故事。吕蒙是吴国开国君主孙权手下的重要将领，跟随孙权征战多年，屡建战功。

刮目相待，出自晋代陈寿撰《三国志·吴书·吕蒙》、南朝裴松之注引《江表传》："士别三日，即更刮目相待。"刮目是指擦亮眼睛，相待即相看待。这里讲的是，与读书的人分别几天，就应当用新的眼光来看待人。此处"读书人"指的就是吕蒙。

《三国志·吕蒙传》中裴松之注引的《江表传》，记载了吕蒙为何读书以及怎样读书的故事。当初，孙权与吕蒙和另一东吴名将蒋钦一起谈话时说道："你俩都在军中掌事，领兵打仗之时，应当多学习，这对你们自己有益处。"吕蒙听后回应说："我们在军中经常苦于军务繁忙，恐怕没有时间读书。"孙权说："我难道是想让你们专门研究经书，当一个鸿儒博士

吗？只不过是想让你们抽时间涉猎一些书籍，明白过往的一些事情罢了。你们说军务繁忙，能比我忙吗？我年少时读《诗》《书》《礼记》《左传》《国语》，只是没有读《易经》。一直到统领江东事务以来，开始看同"三史"（即《史记》《汉书》《东观汉记》），以及各家的兵书，自己认为大有益处。像你俩头脑这么聪明，学了肯定有用，为什么不去学呢？你们应该抓紧时间，赶快把《孙子》《六韬》《左传》《国语》及"三史"学习了。孔子讲过，即使整天不吃、整晚不睡去思考，也没有用，不如去读书学习。当年光武帝刘秀统帅兵马的时候还手不释卷，曹操也称自己是老而好学，唯独你们就不能勉励自己去读书吗？"

孙权劝人读书，晓之以理，动之以情，既讲清楚了读书的意义，又通过自己的体悟和他人的读书经验，告诉吕蒙他们，军务繁忙，没有时间读书，这都不是理由。恰恰相反，越是领兵打仗，越是需要读书。为此，孙权还为他们开列了必读书目。

吕蒙听了孙权的教诲和劝勉之后，恍然大悟，深以为然，于是就开始发愤读书，立志学习，终日不倦。他所阅读的书，即使老儒生都比不了。不久，东吴名将鲁肃因军务路过吕蒙驻地，与吕蒙谈了一席话之后，鲁肃大吃一惊，感觉吕蒙与之前相比，无论是军事谋划，还是谈书论道，都判若两人。他摸着吕蒙的背说："我以前说你只有武略而已，直到今天，才知道你学识也如此渊博，已不再是以前的吴下阿蒙了。"吕蒙说："与读书的人分别几天，就应当用新的眼光来看待人。"（"士别三日，即更刮目相待。"）

　　孙权在他人面前夸奖吕蒙道："年龄大了，要通过读书有所长进，比如吕蒙、蒋钦二人，大概没有几个人能赶得上他们。这两个人富贵荣耀，地位显赫，还能改变平时的志趣行为，重视品行修养，勤奋好学，专心于书传经典而感到快乐，轻视钱财，崇尚道义，所作所为可圈可点，这都是国家的栋梁之材！"

　　刮目相待的读书故事，给我们当下读书以诸多启示：一是事务缠身、工作繁忙的人，要不要读书，有没有时间读书的问题。从孙权的论述和吕蒙的亲身经历来看，越是工作繁忙、事务缠身，越需要通过读书开阔视野，增长才干，提高本领，即所谓"工欲善其事，必先利其器"。二是老而好学的问题。这个问题对老年人来说确实很现实，年龄大了，精力衰退，视力下降，读书困难很多。但是，活到老学到老也是中国的读书文化和优良传统。汉代学者刘向提出学无迟暮，"少而好学，如日出之阳；壮而好学，如日中之光；老而好学，如炳烛之明"。何况，现在读书的条件已经得到很大改善。即使眼睛不好，视力下降，听书也是比较方便易行的。读书是丰富老年精神生活的重要途径之一，应当让读书的习惯陪伴自己的一生。

蔡文姬

文姬背诵
的
故
事

　　文姬背诵讲的是蔡文姬的读书故事。蔡文姬是汉魏时期女诗人，名琰，字文姬，又作昭姬。陈留（今河南开封杞县）人。蔡文姬的父亲蔡邕，是东汉末年的辞赋家、散文家，博学多闻，精通音律，擅长辞章，对蔡文姬的一生有重要影响。

　　文姬背诵讲的是蔡文姬能一字不漏背诵出父亲蔡邕所写的 400 多篇文章，由此看出蔡文姬的读书功底和刻苦精神。这个故事出自《后汉书·卷八十四·列女传第七十四·陈留董祀妻者》："文姬曰：'昔亡父赐书四千许卷，流离涂炭，罔有存者。今所诵忆，裁（仅之意）四百余篇耳。'"

　　据《后汉书》的记载，蔡文姬自幼博学多才，喜好文辞，又精于音律。但她正赶上东汉末年，战乱不断，一生坎坷，屡受挫折。她先是嫁给河东的卫仲道，后来丈夫死了，没有儿子，回到了娘家。兴平年

间，天下大乱，文姬被掳至南匈奴，嫁给南匈奴左贤王。在匈奴 12 年，生了两个儿子。曹操以前与蔡文姬父亲蔡邕是好友，担心蔡邕后嗣无人，于是派使者拿着黄金、白璧把蔡文姬从匈奴赎回来。蔡文姬回到中原后，再嫁给了董祀。董祀做过屯田都尉，后犯了死罪，蔡文姬到曹操那里请求赦免自己的丈夫董祀。曹操认为她说的情况值得同情，但是将董祀处以死刑的文书已经发出，感到为难。蔡文姬恳请曹操派一匹快马，追回文书。曹操为蔡文姬的人生遭遇和内心痛楚所感动，便收回成命，免了她丈夫董祀的死罪。

当时，曹操顺便问起蔡文姬家以前藏书之事："听说你家里从前藏有不少古籍图书，你还能记得一些吗？"蔡文姬说："从前我父亲赐给我古书四千多卷，因流离逃难，生灵涂炭，一册也没有保留下来。现在我能背诵下来的只有四百余篇了。"曹操给了她一些纸和笔，让她回去将这些能背诵下来的书抄写出来，以供阅读之用。蔡文姬回家后，将自己脑海中能回忆起的父亲写的 400 多篇文章，抄录出来送给曹操，文章之中的文字一点都没有遗漏。文姬背诵的故事与文姬归汉的故事一样，广为流传。

蔡文姬早年在父亲的教育影响下，勤奋学习，读有所成。她在诗歌创作方面很有建树，她的诗歌流传至今，有五言体的《悲愤诗》和《胡笳十八拍》。一般认为，五言《悲愤诗》是她的代表作，诗篇描写了她的苦难经历和遭遇，包括汉末大乱和自己被掳掠的经过，身处匈奴中的痛苦生活及被赎回的情形，归汉途中及回到故乡后的感受，叙事与抒情相交融，使人如临其境，如见其人，是汉末社会动乱的真实写照，从中可看到战乱中劳动人民特别是妇女的不幸命运。《胡笳十八拍》未见于《汉书》，仅见于南宋朱熹的《楚辞集注·楚辞后语·卷第三·胡笳第二十》，后人对此作品的真伪尚有争议。

文姬背诵的读书故事，令人心酸而又感动。在东汉末年战乱动荡的年代，一个弱女子经受了常人难以承受的苦难，人生陷入十分悲惨的境地，但她没有向苦难低头，依然保持了坚定的人生信念，继承了父辈的文化传统，熟读经典篇章，写就传世之作，为后世的读书人树立了典范。

三余读书
的故事

董遇

　　三余读书讲的是董遇的读书故事。董遇是三国时代魏国儒宗之一，即为读书人所推崇的学者。他在如何利用时间读书方面，见解独到，所论"三余"流传至今。

　　三余读书是指利用三种空余时间读书，也是指利用一切空余时间读书。故事出自《三国志·魏书·王肃》。书中记叙王朗之子王肃治学情况时，论及董遇。南朝裴松之注引《魏略》：人有从学者，遇不肯教，而云："必当先读百遍。"言："读书百遍，而义自见。"从学者云："苦渴无日（苦于没有时间）。"遇言："当以三余。"或问三余之意。遇言："冬者岁之余，夜者日之余，阴雨者时之余也。"

　　裴松之的注引，简要讲述了三余读书的故事。当初有人向董遇求教，董遇没有答应，只是说道："必须先将书读上百遍。""书读一百遍，它的意思自然

领会出来了。"求教的人说："苦于没时间。"董遇
说："应当利用三余。"三余是什么意思呢？董遇说：
"冬天是一年中的空余时间（古时冬天为农闲之时），
夜晚是一天里的空余时间，下雨的时候不能干活，是
平时的空余时间。"所以，三余读书讲的是要充分利
用冬天、夜晚、下雨这三种空余时间去读书，也就是
利用所有空余时间去读书。

　　董遇从小为人朴实敦厚，喜欢读书学习。由于战乱，董遇和他哥哥便逃往他处。兄弟俩经常一起外出采集野生稻谷背到集市上去卖，以维持生计。每次出去时，董遇总是带着书本，一有空闲，就拿出来阅读。尽管哥哥笑话他，而董遇还是照样读他的书。后来，董遇出仕为官，仍然保持了读书的习惯，利用一切空余时间读书。他学有所成，对《左传》有很深造诣，对《老子》也很有研究，并为《老子》作训注。

　　从三余读书的故事中，我们看到，董遇谈到了古往今来读书人经常面临的一个问题，即如何利用时间的问题。不少人都提出，想读书，没时间。董遇则提出，读书要抢时间，运用好时间。在古代，强调人们要利用好冬天、夜晚、下雨天这三种空余时间去读书。在当代，更要提倡人们善于利用所有空余时间去读书。时间就像海绵里的水，你只要挤一挤，时间就出来了。岁之余、日之余、时之余，总能抢到读书的时间。

牧羊读书的故事

王象

　　牧羊读书讲的是王象的读书故事。王象是三国时期魏国大臣、学者、目录学家，字羲伯，河内郡（今属河南）人。

　　王象牧羊读书的故事出自《三国志·卷二十三·魏书二十三·杨俊》："本郡王象，少孤特，为人仆隶，年十七八，见使牧羊而私读书，因被箠楚。俊嘉其才质，即赎象著家，聘娶立屋，然后与别。"箠（chuí）楚，即古代一种用木杖、竹板等杖打的刑罚。

　　这里讲到三国时魏国大臣杨俊（曾任南阳太守），发现本郡有一个叫王象的人，从小孤苦贫困，给人家当仆役，十七八岁时，主人让他放羊，他却偷偷地读书，因此遭受鞭杖之罚。杨俊赏识他的才华，想鼓励他读书，当即把他赎出来带回家中，并且帮他娶妻盖房，然后与他分别了。

　　从陈寿《三国志·魏书》的记载和裴松之的注释来看，王象得到杨俊赏识之后，更加发愤读书，人生的命运由此发生了翻天覆地的变化，从一个仆役变

成了魏国的大臣，得到魏文帝曹丕的重用，官至散骑侍郎，又转任散骑常侍，封列侯。王象学有所成，学识广博，才华出众。当时人们称赞王象是继"建安七子"孔融、陈琳、王粲等人之后，新的一辈文人之中才华最高的人。220年，魏文帝曹丕命王象兼任秘书监，让他参与编撰《皇览》一书，数年后编成。《皇览》一书共40多部，每部有数十篇，合计800多万字。这是中国最早的类书，所收内容广泛，"随类相从""纵贯群典"，具有重要的文献价值和阅读价值。王象性格温和，为人敦厚，又文采温雅，京城的人都赞美他，称他为儒宗。

从王象的读书故事中，我们看到了读书对人生的意义是何等重要！读书，彻底改变了一个人的前程与命运。从客观上讲，王象遇到了杨俊这位"伯乐"，发现了他的才华，看到了他是一个真正的读书人，因而解救了他，这是王象人生的幸运。从主观上讲，是王象有超出常人的品质、追求和努力。他从来没有小看自己，虽然身为仆役，但有自己坚定的人生理想和追求，有读书的兴趣和爱好，特别是有读书的勤奋刻苦精神，甚至具有不怕被杖责的勇气。我们从王象的读书故事中，需要学习的正是他的这种不屈不挠的读书精神。

的故事

废寝忘食

谯周

废寝忘食讲的是谯周的读书故事。谯（Qiáo）周，三国时代蜀国大臣，史学家、经学家，《三国志》作者陈寿的老师，字允南，巴西西充（今四川阆中）人。

废寝忘食是指谯周读书时顾不上睡觉、忘记了吃饭，形容谯周专心致志地读书。废寝忘食的故事出自《三国志·卷四十二·谯周》："诵读典籍，欣然独笑，以忘寝食。"

据《三国志》的记载，谯周幼年丧父，与母亲、哥哥一起生活。长大后，酷爱典籍，笃志好学。他家里虽然贫困，但从不操心家事，也不经营产业，一心只在诵读典籍。每当读到好文，便欣然自乐，独自会心而笑，以至于废寝忘食。他精研《六经》，尤其擅长写书札。他熟悉天文，但也没有花费更多精力去研究。在阅读方面，他不喜欢泛泛浏览，而是专注于阅

读经典。谯周注重读书修身，不尚浮华，衣着简朴，为人诚实，虽然没有随机应变的口才，但学问渊博，聪明睿智，内心反应敏捷。

谯周的才华得到诸葛亮的欣赏，丞相诸葛亮兼任益州牧时，任用谯周为劝学从事。后主刘禅立太子，以谯周为家令。当时后主刘禅常常外出游玩，增加供奉音乐的人数，谯周总是通过历代王朝兴亡的经验教训，上疏进谏，加以劝阻。谯周后来升为光禄大夫，仅次于九卿。谯周虽然不亲躬政事，但以儒者的品行受到礼遇，后主刘禅经常就国家大事向他咨询，他都一一引经据典给以答复。他学有所成，著有《法训》《五经论》《古史考》等文100多篇。

　　谯周的读书故事，既为我们树立了"废寝忘食"的榜样，又给我们留下了"谯周独笑"的美谈。"废寝忘食"与"谯周独笑"实际上也是一种读书的境界。多数情况下，读书受时间、环境和条件的局限，难以做到"废寝忘食"，更谈不上进入"谯周独笑"的境界。但是，我们有时也会遇上难得的休息时间和良好的读书环境，再加上我们的读书渐入佳境，读书慢慢成为自己生活的一部分，就会使得读书的境界得以提升，"废寝忘食""谯周独笑"就可能成为常态。东晋诗人陶渊明在《五柳先生传》中写道："好读书，不求甚解；每有会意，便欣然忘食。"他喜欢读书，但不作烦琐训诂，不在一字一句的解释上过分深究。每当对书中的内容有所领会的时候，就会高兴得连饭也忘了吃。陶渊明在这里所描述的大概就是这种读书的境界吧。

浪子回头的故事

皇甫谧

　　浪子回头讲的是皇甫谧的读书故事。皇甫谧（Mì）是魏晋时期的经学家、医学家、文学家，字士安，幼名静，号玄晏先生，安定朝那（今甘肃灵台）人，汉太尉皇甫嵩的曾孙。幼年过继给叔父，迁居新安（今河南义马）。

　　浪子回头原指不务正业的年轻人改邪归正。这里是借用"浪子回头"的成语，形容和描述皇甫谧直到 20 岁时才改掉游荡无度、不好学习的毛病，开始勤学读书、成就人生的故事。皇甫谧浪子回头的读书故事出自《晋书·卷五十一·列传第二十一·皇甫谧》："年二十，不好学，游荡无度，或以为痴。"

　　《晋书》详尽记载了皇甫谧浪子回头、刻苦好学的读书故事和人生历程。皇甫谧到 20 岁时还不知道好学读书，四处游荡，无所节制，有的人以为他蠢笨。有一天，他在外面得到了一些瓜果，回家便送给他所过继的叔母。叔母对他说："《孝经》说'即使每天用牛、羊、猪三牲来奉养父母，仍然是不孝之人。'你今年已经20多岁了，眼里没有上学受教之意，内心也不入正道，你没有什么可以拿来真正安慰我的东西。"叔母因此叹息说："从前，孟母三迁，使孟子成为有仁德的大儒，曾子（曾参，孔子的学生）杀猪信守诺言的教育方法都流传至今，难道是我没有选择好邻居，教育方法有所缺欠吗？不然你怎么会如此鲁莽愚钝呢！修身立德，专心学习，受益的是你自己，与我有什么关系呢！"说完，叔母流泪不止。皇甫谧内心深受震动，非常感激叔母的一番教诲，于是到同乡席坦那里学习儒学经典，勤读不倦。

他家里很贫穷，只得边耕种劳作，边学习儒家经典。于是，日积月累，他博览群书，通晓各种典籍和诸子百家的著作。皇甫谧性格恬静，沉稳闲静，看淡世事，朝廷屡次下诏征他做官，他都称病不就，终身不仕。他以读书、写书为业，沉心于学习典籍，废寝忘食，当时的人称他为"书淫"。有人告诫他过于笃学，将会损耗精神，有伤身体。他说："早晨得知真理，晚上死去也可以，何况寿命长短是上天注定的呢？"他上表向皇帝借书，皇帝送给他一车书。后来，皇甫谧因风寒侵袭而引起肢节疼痛麻木，但他阅读书籍仍然不懈息，做到手不释卷。

　　皇甫谧不但博学多闻，而且善于思考，研究的领域很宽，都有成就。在医学方面，他著有《针灸甲乙经》，这是中国第一部体系较为完备的针灸专著，对针灸学术的发展有很大贡献。所著《寒食散方》有重要价值，现已不存，部分篇章收录于《医心方》等书。在文学方面，他也造诣很深，有不少作品流传后世。所存于世的《高士传》，生动记述了90多位历史人物，留下了珍贵的历史资料。皇甫谧所著的诗、赋、诔、颂、论等很多，除上文提及的著作之外，还撰有《帝王世纪》《年历》《逸士》《列女》等传，以及《玄晏春秋》等，都受到世人重视。

　　我们从皇甫谧浪子回头的读书故事中看到，读书如做人，读书从何时开始都不晚，做错了事何时改正都不迟。关键是觉醒，觉醒而后奋起，醒悟而后直追。晋代诗人、辞赋家、散文家陶渊明在《归去来兮辞·并序》中说："悟已往之不谏，知来者之可追。"意思是觉悟到过去做错了的已经不可挽回，知道未来的还可以挽救。中国还有一句话，即"浪子回头金不换"，强调浪子回头比金子还要可贵。从读书的角度上讲，即使我们过去耽误了读书的时间，读的书还不是那么多，我们也不必纠缠过去，完全可以来一次"浪子回头"，从今天开始，从现在读起。

左思

洛阳纸贵的故事

　　洛阳纸贵讲的是左思的故事。左思是西晋文学家，字太冲，临淄（今山东淄博）人。

　　洛阳纸贵是讲左思《三都赋》写成之后，抄写的人非常多，当时西晋京城洛阳的纸都因此涨价了。以此形容左思的好文章被争相传颂，风行一时。洛阳纸贵的成语，反映了左思刻苦学习、读书成才的精神。洛阳纸贵的故事最早出自《晋书·列传·第六十二·文苑·左思》："于是豪贵之家竞相传写，洛阳为之纸贵。"

　　《晋书·左思传》较为详细地介绍了左思读书成才的故事。左思一家世代传承儒学，父亲左雍起于小吏，凭借才干被提拔为殿中侍御史。左思小时候向人学习书法，练习鼓琴，都没有学成。左思的父亲对朋友说："左思所知晓和理解的东西，比不上我小时候。"左思听到父亲的话后深受触动，由此激发了他

勤奋学习的志气。他长相丑陋，口齿笨拙，不喜欢与
人交游，但诗文辞采却很华丽。他用了一年时间才写
作完成《齐都赋》，又想写作《三都赋》。他为此去
拜访著作郎张载，了解蜀都一带的事情。他认为自己
见闻还不够广博，请求到朝廷掌管图书典籍的机构任
秘书郎一职，以便博览方志群书。他为写作《三都
赋》构思十年之久，门旁庭前，篱边厕所，都放着笔

和纸，偶得一句，立即记录下来。他为文严谨，征信求实，博采众长，所作《三都赋》分《魏都赋》《吴都赋》《蜀都赋》三篇，体制宏大，事类广博，生动地反映了三国时期的社会生活状况，涉及当时朝野上下关心的内容，即进军东吴，统一全国。

《三都赋》一文不仅具有重要的文学价值，而且具有重要的史料价值和研究价值。文章问世后，西晋文学家张华赞叹不已，认为此赋能使诵读的人感觉文已尽而意有余，时间越久远，越有新意。西晋学者刘逵评价说，这篇赋或运用辞藻表达思想，或运用事实阐发意蕴，不精研细审的人不能把握这篇赋中蕴含的深意远旨，不是博闻多识的人不能了解这篇赋中包罗万象的内容。许多名人为其写序、作注，一时间豪富人家竞相传写，以至于"洛阳纸贵"。左思在诗歌创作方面也有建树，其代表作有《咏史》诗八首。

从洛阳纸贵的读书故事，我们看到左思读书人生的一个重要特征就是读有所用，精益求精。左思为写作《三都赋》，构思十年，征信求实，博采众长，真可谓十年磨一剑，这种十年磨一剑的精神值得我们学习。读书非一日之功，坚持数年方有所获。著书立说更不能急功近利，只有经过长久的打磨和精心的创作，才有精品之作的产生。

三十乘书的故事

张华

三十乘书讲的是张华的读书故事。张华是西晋大臣、文学家，字茂先，范阳方城（今河北固安）人。

三十乘书，是讲张华家藏书有三十车之多，后人用来形容张华藏书丰富，读书广泛，知识渊博。三十乘书中的"乘"作何解？《王力古汉语字典》对"乘"字的注解有两条，其中第二条是："乘"音shèng，意即车辆，一车四马为一乘。

三十乘书的读书故事出自《晋书·卷三十六·列传第六·张华》："雅爱书籍，身死之日，家无余财，惟有文史溢于机几箧（qiè，即小箱）。尝徙居，载书三十乘。"这里说的是张华爱好书籍，在他遇难去世时，发现他的家中没有多余的财产，唯有文史书籍充满了书箱。他曾经搬家时，家中的书籍装满了30驾车。

从《晋书》对张华的全部记载来看，张华年少

时孤独贫寒，自己牧羊。他好学读书，同乡中有个叫卢钦的人发现他有才而器重他。有个叫刘放的人也看重他的才能，把女儿嫁给他。张华学养深厚，学识广博，文辞典雅，聪明博学，各类书籍没有他不仔细阅读的。张华起初没有名望，写了一篇《鹪鹩赋》的文章来寄托自己的心志。全赋运用比兴和对比手法，生动刻画了鹪鹩（jiāoliáo，一种小鸟）的形象。这种小鸟不以荆棘为陋，不以香草为荣，一举一动都觉得安逸。这种鸟看上去无知，而处身之道又像很有智慧，不怀藏宝物招致祸害，不修饰外表招来麻烦。三国时期魏国诗人阮籍看了这篇赋，赞叹张华有辅佐君王的才干。从此，张华的名声开始显著。

张华博闻强记，对四海之内的情况了如指掌。为官时，晋武帝曾经问他汉代宫室制度，张华应对如流，听的人都忘了疲倦，左右之人瞩目。皇帝对他深感诧异，当时的人把他比作子产。张华因主张伐吴有功，被封为广武县侯。他历任侍中、中书监、司空等职，后被赵王司马伦和孙秀所谋害。

三十乘书的读书故事反映了晋代社会对张华的肯定和赞誉。一方面，张华勤奋好学，博览群书，所阅读和收藏的图书价值极高，秘书监编撰修订官书，需要以张华收藏的书籍作为校订的正本。他因此博学多闻，许多人难以与之相比。另一方面，张华学有所成，在文学和博物学等方面多有建树。他的诗作现存32首，有些诗作表现了诗人奋发努力、积极进取的精神。他曾编写《博物志》，记述了异境奇物、古代琐闻和神仙方术等。我们从三十乘书的读书故事中看到，博学才能多闻，自博而后趋约。南宋理学家张栻主张"读书欲自博而趋约"，即读书要由博而后约，由广而专，由多而精，这是值得我们借鉴的读书之道。

囊萤映雪的故事

车孙康胤

　　囊萤映雪，讲的是车胤和孙康两个人的读书故事。囊萤和映雪，与读书有什么联系呢？

　　囊萤又称囊萤照读，是指晋代车胤在夏天的夜晚用白绢缝制的袋子装着萤火虫，通过萤火虫发出的光照着读书。囊萤照读出自《晋书·车胤传》。据书中记载，车胤小时候聪慧，讨人喜欢。地方太守王胡之以识人闻名，见到车胤时眼前一亮，便对车胤的父亲说："这小孩将会中兴乡里，光耀门户，可使他专心学习。"

　　车胤从小起，勤学不倦，博学多闻。由于家境贫寒，他晚上看书常常点不起油灯，读起书来很困难。他便自己想尽办法，在夏天夜晚就用白色绢袋装许多只萤火虫，照明读书，夜以继日，读书不止。车胤成年后，机智敏捷，风度翩翩，在乡里很有美誉，后出仕，得以重用。当时只有车胤和另一位名人吴隐

之，是以贫寒博学知名于世的。

　　映雪也称映雪读书，说的是晋代孙康在冬天的夜里利用雪光照着读书。映雪读书在一些典籍中有零星记载，如《初学记》等，但较早见于《南史·范云传》。该书在介绍范云时，顺便提到了孙康一家的情况。书中记载："孙伯翳，太原人，晋秘书监盛之玄孙。曾祖放，晋国子博士、长沙太守。父康（孙康），起部郎，贫常映雪读书，清介，交游不杂。"在记载的寥寥数语中追根溯源，从对孙康的儿子孙伯翳的介绍中推断出孙康的家世传承，我们可以看到，孙康的祖籍是太原中都（今山西平遥），孙康的祖上孙盛是晋代史学家、秘书监，祖父孙放是国子博士、长沙太守。这里没有介绍孙康的父亲孙秉，实际上他的父亲孙秉没有出仕而导致家道中落。孙康因家境贫困，买不起灯油，晚上读书困难。他在冬天的夜里看书时，就巧妙地借户外下雪映照的光，来刻苦读书。从其他史料的记载可看到，孙康后来学有所成，出仕为官，清正廉明，好学不懈。其刻苦读书的故事在民间广为流传。

车胤囊萤照读，孙康映雪读书，他们勤奋好学、刻苦攻读的精神，值得我们学习和借鉴。今天，我们读书的条件与古代人读书的条件相比，不可同日而语。我们不必囊萤而照读，也无须映雪而读书，电灯早已代替了油灯。夜里只要想读书，处处有灯光相伴。在万家灯火的夜晚，面对眼前的书籍，我们到底想与不想，读与不读？

的故事

砍柴买纸

葛洪

　　砍柴买纸讲的是葛洪的读书故事。葛洪是东晋医学家、道教学者、炼丹家，字稚川，号抱朴子，世称葛仙翁，丹阳句容（今江苏句容）人。

　　砍柴买纸的读书故事出自葛洪所著《抱朴子外篇·自叙卷五十二》："伐薪卖之，以给纸笔。"《晋书·卷七十二·列传第四十二》也有记载："洪少好学，家贫，躬自伐薪以贸纸笔。"《抱朴子》和《晋书》都记载了葛洪砍柴买纸的故事，《抱朴子外篇·自叙》则更为详细地记述了葛洪的读书人生。

　　葛洪 13 岁的时候，父亲就去世了。当时他饥寒交迫，困苦不堪，小小年纪就要去耕地收割。到了夜晚，他还要披着星光，踏着野草，辛勤地在田地里劳作。葛洪自小爱好读书。在那个战乱的年代，先人留下的典籍大多被毁，在农耕的空闲时间里，他很想看书，但又无书可读。于是他就只好背着书箱，到处寻

找书籍，步行到有书的人家去借阅。即使有的人家里有书，也很难借到所有要看的书籍。于是他就花费更多的工夫去砍柴、卖柴，以便买回一些纸和笔，供自己抄书之用。白天他到地里去劳作，晚上就用柴草点火照明，以抄书读书。因为经常缺乏纸张，所以每次抄写的时候，纸张的正反两面都写满了字，别人很难读得懂。

他16岁的时候，读书涉猎的范围更广，博览经史百家之言，开始阅读《孝经》《论语》《诗经》《周易》。对于众多的书籍，他无不暗中背诵，用心把握。他阅读过的书籍，上自正统的经典、众多的史书、百家的学说，下至一些简短繁杂的文章，将近万卷之多。葛洪读书很注意选择，做到泛读与精读相结合，对于那些《河图》、《洛书》、图谶、纬书之类的书籍，翻阅一下就不再阅读了。他不喜欢星象这一类的书，认为没有必要拿这些书籍来劳烦自己，不如学习研究诸子百家的书有益。葛洪专注于读书学问之事，善于钻研和思考问题，有时不修边幅，说话率直，如果没有遇到适当的人，他整天都沉默不语。因此，家乡的人都称他为"抱朴之士"，葛洪著书时也就把它作为自己的称号了。

葛洪一生读书治学，有着多方面的成就。在道教理论方面，他首次提出"玄"的概念作为道教思想体系的核心，认为"玄"是自然的始祖，是创造天地万物之母。他在炼丹术方面有很高的成就，已经掌握化合、分解、置换、升华等化学反应知识，为中国近代化学的产生作了准备。在中国传统医学方面，他对医学中的实际问题常常亲自试验，有不少发明发现。如首次发现并描述天花病状，以青蒿绞汁治疟疾，以富含 B 族维生素的大豆治脚气病，等等。他重视灸法治病，记述了食道异物急救、放腹水等治疗技术。主要著作有《抱朴子》《神仙传》《金匮药方》等。

　　葛洪虽家道贫困，但他坚持耕读相伴，通过砍柴买纸，借书抄书，刻苦攻读了诸子百家之书，在多方面都有重要建树，为读书人立起了一座丰碑。他不仅专于一心，勤奋苦读，还能做到博约结合，由博而后趋约，由多而后转精，即在广泛阅读的基础上，专注于经典，专注于研究和思考的重点领域、重点方向，这样既拓展了自己的知识领域，又能在某些方面有所成就。葛洪刻苦读书的精神和他读书的经验方法，都值得我们借鉴学习。

中

编

少而有志
的故事

宋繇

　　少而有志讲的是宋繇的读书故事。宋繇（Yáo）是十六国时期北凉、西凉大臣，著名学者，字体业，敦煌人。

　　少而有志是讲宋繇少年时期立志读书、振兴家道的读书故事。这个故事出自《魏书·卷五十二·列传第四十·宋繇》："繇少而有志尚，喟然谓妹夫张彦曰：'门户倾覆，负荷在繇，不衔胆自厉，何以继承先业！'"

　　据《魏书》记载，宋繇的祖上是世家，由于战乱，当宋繇出生时，父亲就被他人所杀，五岁时，母亲就去世了，只得跟随伯母生活，以孝道闻名于乡里。宋繇少年时就有大志，立志要靠自己努力读书，以振兴已经衰落的家道。他对妹夫张彦说："家庭突遭变故衰败，所有的负担已经落在我宋繇一人身上，如果我不卧薪尝胆，自励图强，怎么能够承担起振兴

家道、继承先人家业的重任呢？"宋繇小小年纪，气
度不凡，我们可以从他的言谈之中看出他的志气与
担当。

　　后来，宋繇随亲戚到了酒泉，从师受业，闭门
读书，昼夜不倦，博通经史，广泛涉猎诸子百家的典
籍。由于宋繇刻苦学习，博览群书，被举荐为秀才，
后任尚书吏部郎中、常侍、右丞相等。宋繇廉洁为

官，家无余财，有盐米数十斛而已。宋繇雅好儒学，有书数千卷。他虽然为朝廷重臣，但仍然做到手不释卷，即使在战乱之中，也做到读书不辍。宋繇礼贤下士，每当听到门外有儒士前来访问，从不怠慢，会停下手中的政事，立即出门迎接，然后共同切磋经典。

从宋繇少而有志的读书故事中，我们看到，一个人少年时期的读书生活与其一生的读书习惯密切相关。如果一个人在少年时代培养了读书的爱好，那么他的一生就有可能形成读书的习惯。但要真正使这种早期的读书爱好变为一生的读书习惯，还需要树立起远大的读书志向，这种志向既包含了一个人的理想与追求，也包含了一个人不畏艰难、勤奋刻苦的坚定意志。读书爱好与读书志向互相促进，相互加持，读书的习惯就会逐步形成而陪伴终身。唐代书法家颜真卿在《劝学》一诗中说："三更灯火五更鸡，正是男儿读书时。黑发不知勤学早，白首方悔读书迟。"颜真卿勉励青少年要珍惜少壮年华，趁早读书，勤奋学习，有所作为。否则，到年老时才开始悔恨自己读书太晚，已经追悔莫及。

藏火读书
的故事

祖莹

　　藏火读书讲的是祖莹的读书故事。祖莹是北魏大臣、文学家，字元珍，北魏范阳遒县（今河北涞水）人。

　　藏火读书是讲祖莹夜晚将火种藏于炭灰之中，以便燃火夜读。祖莹为何要藏火读书呢？这个故事出自《魏书·卷八十二·列传第七十·祖莹》："莹年八岁，能诵《诗》《书》。十二，为中书学生。好学耽书，以昼继夜，父母恐其成疾，禁之不能止。常密于灰中藏火，驱逐僮仆，父母寝睡之后，燃火读书，以衣被蔽塞窗户，恐漏光明，为家人所觉。"

　　《魏书》生动记载了祖莹的读书故事。祖莹8岁时，便能诵读《诗经》《尚书》。在12岁时，他就成为中书学的学生。中书学为北魏时期朝廷所办的最高学府，与后来的国子学相似。祖莹刻苦好学，不分昼夜地读书，父母都担心他会积劳成疾，并设法阻止他夜里看书，但还是没有办法阻止。他经常在炭灰之中藏着火种，赶走书童仆人，待父母睡觉之后，翻出火种，燃火夜读，用衣服遮住窗户，以防止光线漏出去，被家人发觉。因此，他刻苦博学的名声更大了，亲属们都叫他为"圣小儿"，意即小神童。祖莹尤其喜欢写文章，中书监高允每每赞叹说："祖莹富有才识，不是其他学生能赶得上的，他一定会有大出息。"

当时，中书博士张天龙讲授《尚书》，请祖莹为都讲，即协助讲经的儒生。这时，学生们都到齐了，祖莹由于晚上读书太累了，上课时间已到，忙乱中没有带《尚书》，误把一个宿舍同学的一卷《曲礼》拿到讲台上去了。张天龙博士十分严厉，祖莹不敢回去换书，于是只好把《曲礼》放到案桌上，念诵《尚书》三篇文章，竟不漏一字。祖莹讲完之后，同舍的同学觉得很奇怪，就向张天龙博士报告了祖莹错带书籍这件事，师生都对祖莹错带书籍、不漏一字大为惊奇。后来北魏皇帝听说此事，召他入内宫，要他诵背五经章句，并讲述书中大义，皇帝听了也惊叹不已。祖莹出门之后，高祖开玩笑地对身边的大臣说："过去流放共工的幽州北边荒凉之地的后裔，怎么会冒出这样聪慧的孩子来？"大臣说："祖莹是当世之才。"后来，祖莹以才学名声拜为太学博士，并相继担任殿

中尚书、车骑大将军，有文集流传于世。祖莹以文学为世人所重，有诗歌流传至今。他常对人说："写文章必须有自己的风格，成一家风骨。"

　　在古代先贤的读书故事中，有许多类似祖莹藏火读书的故事，如沈约减油灭灯的故事等。这些故事都反映了他们勤奋刻苦的精神品质，这种惜时如金、奋发努力的精神无疑值得我们学习。而祖莹藏火读书的故事还有一点值得我们学习思考，那就是他熟读精思、一字不漏的功夫，成就了他的读书人生。南宋哲学家朱熹提出了熟读精思的读书方法。有些人读书"所以记不得，说不去，心下若存若亡，皆是不精不熟之患"。他提出，熟读的要求是"使其言皆若出于吾之口"。为此，他主张读书要能成诵，强调读书要读足一定的遍数，这样才能记得、背得，做到烂熟于心，说得出，用得上。朱熹的这些读书观点，从另一个角度为我们诠释了祖莹藏火读书故事的意义。

笃志好学的故事

刘勰

笃志好学讲的是刘勰的读书故事。刘勰（Xié）是南朝齐、梁时期文学理论批评家，字彦和，祖籍莒县（今山东省日照市莒县），世居京口（今江苏镇江）。

笃志好学是指刘勰专心致志、勤奋好学。其中，"笃"，指忠实，一心一意。笃志好学的读书故事出自《梁书·卷五十·列传第四十四·刘勰》："勰早孤，笃志好学。"《梁书》及《南史》（见《南史》卷七十二）等典籍记载了刘勰笃志好学的读书故事、人生经历和文学成就。

刘勰幼年时，父亲去世，很早就成了孤儿。他从小就很聪慧，笃志好学。长大成人后，由于家境贫困，他没有结婚，在定林寺里跟着僧人一起居住生活了十几年。在这十余年中，他"两耳不闻窗外事"，潜心读书，一心向学。在深入研究佛学经义的同时，

他又博览经史，阅读百家之书和历代文学作品，并将它们分门别类，加以整理编排。定林寺中有关佛教学说和经义解释的书籍，都是由刘勰编成的。他后来曾一度出仕为官，晚年弃官为僧。

刘勰耗时五六年时间，撰写了流传后世的不朽之作《文心雕龙》，这是中国文学史上第一部有严密体系的文学理论专著。"夫'文心'者，言为文之用心也。昔涓子《琴心》，王孙《巧心》，心哉美矣，故用之焉。"刘勰讲到，"文心"是讲作文的用心，心是太灵巧了，所以用它来做书名。《文心雕龙》共 10 卷、50 篇，主要涉及五个方面的内容：从《原道》到《辨骚》，是全书的纲领，要求一切要本之于道，稽之于圣，宗之于经；从《明诗》到《书记》，对各种文体源流及作家、作品逐一进行研究和评价；从《神思》到《物色》，重点研究有关创作过程中各个方面的问题，即创作论；从《时序》到《程器》，主要是文学史论和批评鉴赏论；最后一篇《序志》，阐述作者写作此书的动机、态度和原则。《文心雕龙》对文学的起源、文体类别、神思、风格、修辞、鉴赏、作家人品、文学与社会变迁等一系列重要问题都进行了系统论述，富有远见卓识。这不仅是一部文学理论的专著，而且也是一部关于中国文化的重要论著。

刘勰笃志好学，在古代先贤之中具有独特的精神品格：一是潜心读书，一心向学，十余年心无旁骛，专心只做一件事，就是勤学苦读。二是用心研究，不急于求成，用五六年时间，谋篇布局，精雕细刻，写出精品力作，为后世留下了宝贵的文学遗产。

减油灭灯的故事

沈约

　　减油灭灯讲的是沈约的读书故事。沈约是南朝史学家、文学家、政治家，字休文，吴兴武康（今浙江德清）人，南朝梁代开国功臣，在南朝宋、齐、梁三代为官，在史学、文学方面有很高的造诣。

　　减油灭灯是指沈约的母亲因担心他读书熬夜，劳累过度而生病，经常把油灯的油减少一些，灯早些灭了，让他睡觉休息。这个故事从一个侧面反映了沈约刻苦读书的精神。减油灭灯的读书故事出自《梁书·卷十三·列传第七·沈约》："笃志好学，昼夜不倦。母恐其以劳生疾，常遣减油灭火（指灯火）。"

　　《梁书》和《南史》都记载了沈约的读书人生、出仕为官、文学和史学等方面的成就。沈约少年时代命运坎坷，他的父亲沈璞在元嘉末年被杀，当时沈约年纪很小，偷偷跑掉了。后来赶上朝廷大赦，沈约也被赦免。自从他的父亲被杀后，他们一家被迫流落他

乡，家庭生活状况一落千丈，变得非常贫困。尽管如此，沈约还是专心致志，勤奋学习，日夜不停，不知疲倦。他的母亲担心他读书用功过度而生病，所以就想出办法，经常减少灯油，好让他早些睡觉。沈约读书很下功夫，白天读的书，晚上就能背下来，从而博览群书，融会贯通，写得一手好文章。史书还记载："约左目重瞳子，腰有紫志（即痣），聪明过人。好坟籍（指古代典籍），聚书至二万卷，京师莫比。"说沈约左眼有两个瞳孔，腰上有颗紫色的痣，聪明过人。他很喜欢收集书籍，藏书达两万卷之多，整个京城没有人能和他相比。

沈约高才博洽，读有大成，是一代英才，在史学方面作出了重要贡献。沈约著有《晋书》110 卷、《宋书》100 卷、《齐纪》20 卷、《高祖纪》14 卷等。其中，《宋书》100 卷流传至今，是二十四史中的一种。该书包括本纪 10 卷、志 30 卷、列传 60 卷，记述了南朝宋代近 60 年的史事，保存了许多历史资料，特别是收集了当时的一些奏议、书札和文章，从中可看出当时社会、政治、经济的一些实际状况，有重要历史价值和研究价值。在文学方面，他是当时一位很有成就的诗文作家，《梁书》记载他的诗文共有 100 卷。他是讲求声律的"永明体"的创始人，将平、上、去、入四声用于诗的格律，并总结出比较完整的诗歌声律论。

沈约减油灭灯的读书故事，不仅揭示了他刻苦读书的精神境界，而且为我们树立了一个博学多闻、文史贯通的读书典范。他史学与文学的成就双峰并秀，集于一身，难能可贵，这确实值得我们学习与思考。哲学家董仲舒提倡读书要"多联与博贯"，讲的是读书要做到横向联通，纵向贯通。读一本书如此，读若干书也是如此。把书连贯起来读，就能读出溢出效应，启发人们的思维，打通学科与门类的壁垒，或许有新的发现、新的发明、新的创造。

燃糠自照的故事

顾欢

燃糠自照讲的是顾欢的读书故事。顾欢是南朝齐代有名的学者，字景怡，吴郡盐官（今浙江海宁）人。

燃糠自照，是指燃烧谷糠来照亮自己读书，比喻学习勤奋刻苦。燃糠自照的读书故事出自《南齐书·卷五十四·列传第三十五·顾欢》："乡中有学舍，欢贫无以受业，于舍壁后倚听，无遗忘者。八岁，诵《孝经》《诗》《论》。及长，笃志好学。母年老，躬耕诵书，夜则燃糠自照。"

这里讲到，顾欢的乡里有学堂，顾欢因贫困而拿不出钱来上学，于是就靠在学堂后墙上旁听，所听到和学到的东西没有什么遗忘的。顾欢8岁便开始读《孝经》《诗经》《论语》。等到他长大后，更笃志好学。在母亲年老的时候，他一边种地照顾老母亲，一边读书学习。由于家里贫穷，买不起灯油，顾欢到夜

晚便燃烧谷糠，照明读书。

　　顾欢的读书故事在《南齐书》和《南史》中都有较为详细的记载。除了燃糠自照的故事之外，还有他作《黄雀赋》的故事流传下来。顾欢小时候很聪慧，十分喜爱学习，总是一边劳动一边读书。一次，他父亲让他到稻田去照看稻谷，驱赶麻雀。他没有用心去照看稻田，而是在田边聚精会神地作了一篇《黄雀赋》便回家。后来，他父亲发现麻雀将田中的稻谷吃了一大半，非常生气，想用鞭子打他一顿。当看见顾欢所作的《黄雀赋》后才住手没有打他。顾欢刻苦读书的故事和他的才气，传遍四乡。同郡人顾觊之来到县里，见了顾欢，惊异于他的才华，于是让几个儿子都与他交往，顾觊之的孙子顾宪之也跟他学习经典文献。顾欢母亲亡故时，他有六七天都不吃不喝，在墓旁筑室而居，隐逸避世而不出仕为官。后来，他在天台山开馆聚众讲学，接受他教导的经常有近百人。

顾欢学有所成，他前半生专心学习和研究玄儒之学，后半生研究黄老之学，通解阴阳之术，都有大的成就。撰有《三名论》《老子义纲》《老子义疏》等，有《文议》30 卷传世。他志在深山幽谷，不去追求人世间的荣耀，认为云霞野食完全能满足自己的需要，不必依靠俸禄养身。暮年居深山之地，潜心研究学问，很少与人交往应酬。顾欢晚年的衣着和食物与常人不同，非常简朴。每天早晨一出门，山上的鸟便聚集在他手掌上啄食，过着恬淡的生活。

顾欢以读书为生，以治学为业，学有成就，都得益于他的读书志向，有赖于他的读书精神。无论是他燃糠自照的故事，还是他作《黄雀赋》的故事，都有一个共同的特点，就是一心向学，心无旁骛，刻苦勤学，久久为功。

以荻为笔
的故事

陶弘景

　　以荻为笔讲的是陶弘景的读书故事。陶弘景是南朝齐、梁时期道教思想家、医药学家。字通明，自号华阳隐居，后世又称陶隐居，丹阳秣陵（今江苏南京）人。

　　以荻为笔是指陶弘景经常用荻秆作笔，在灰上学写字，形容陶弘景刻苦学习、勤奋读书的精神。"荻"（dí），是多年生草本植物，形状像芦苇。以荻为笔的故事出自《南史·卷七十六·列传第六十六·陶弘景》："幼有异操，年四五岁，恒以荻为笔，画灰中学书。"这里讲到，陶弘景从小操行异于常人，四五岁时，就经常用荻秆作笔，在灰土中学写字。

　　《南史》对陶弘景的读书与人生及医学、科技等方面的成就作了详尽介绍。书中记载，当初陶弘景的母亲梦见两个天神手拿香炉来到她的住处，过后便有了身孕，怀上了陶弘景。所以，他从小的操行就

与常人不同。陶弘景幼年家贫，勤奋好学。到 10 岁时，得到一本葛洪的《神仙传》，昼夜研读，便产生了探寻养生之道的志向。他对别人说："我仰观青云，目睹太阳，不觉得相距很远。"他读书讲究思考，善于研究问题。"读书万余卷，一事不知，深以为耻。"他认为，读了一万多卷书，如果有一件事自己还不知道、不了解，便深深感到这是一种耻辱。这句话也表明陶弘景在求学、治学方面的一种严肃认真的态度。他博学多闻，多才多艺，善于琴棋，工于草书。不到 20 岁时，齐高帝召他去做诸王的侍读，有关朝廷礼仪以及涉及前朝的旧事，经常听取他的意见。

后来，陶弘景上表辞职，在茅山之中建了房子，过起隐居生活，他将居住的房子命名为华阳陶隐居，并以"隐居"代替自己姓名。房子的庭院里都种了松树，每听到风吹松响，就感觉快乐无比。有时候独自在泉石边漫步，看到他的人都以为他是仙人。陶弘景在此专心治学，修道炼丹，并游遍名山，寻访仙药。他越到晚年，越珍惜时光，潜心著述，成果丰硕。著有《本草经集注》《药总诀》《真诰》《真灵位业图》《陶氏效验方》《肘后百一方》《养性延命录》《太清草木集要》《太清诸丹集要》《炼化杂术》等。

陶弘景所著《本草经集注》，选定药物 365 种，并增补《名医别录》药物 365 种，首次按照药物的自然属性，以玉石、草、木、虫兽、果菜、米食等分类，首创"诸病通用药""七情表"，依照药物的治疗性能分类，以利于临床应用和安全用药。这部书的出版，完成了中国主流本草学著作初步定型的历史任务，被誉为本草史上的一座丰碑。除此之外，陶弘景博学多能，曾经制造用机械转动的天文仪器浑天象，有三尺多高，地在中央，天转而地不动，用机关转动它，便全与天象相合。他还对阴阳五行、天文历算、山川地理、方志物产均有研究。

　　陶弘景以荻为笔，从小就书写了勤奋好学的精彩故事。从他一生的读书治学成就来看，他不仅仅在于苦学，还在于博学、善学，最终成为百科全书式的人物，成为一位鸿儒。汉代哲学家王充将读书人分为四类：一类为儒生，读过一经；二类为通人，读过很多书但不能发挥运用；三类为文人，能熟练地向上书写报告、传递奏折；四类为鸿儒，能精深思考，写成文章，或汇集成书者。王充认为，鸿儒者，能著书表文，论说古今，是"超而又超者"。我们从王充对鸿儒的议论，再看陶弘景的读书治学和著书立说，可以从中得到启示，树立读书的远大目标，努力做到读写结合，学出更大成效。

江泌追月
的故事

江泌

　　江泌追月，又称追月读书，讲的是江泌（Mì）的读书故事。江泌，字士清，济阳考城（今河南兰考，一说河南民权）人，是南北朝时期南朝齐代有名的学者和孝子。

　　江泌追月是指江泌追着月光读书，出自《南齐书·列传第三十六·孝义·江泌传》："江泌，字士清，济阳考城人也。父亮之，员外郎。泌少贫，昼日斫屧，夜读书，随月光握卷升屋。"文中"斫"音zhuó，即斧砍，"屧"音 xiè，古代指鞋上的木底，"斫屧"是指削砍鞋底，引申为做鞋。这里讲的是江泌小时候很贫穷，白天必须干活做鞋，只有夜晚才能读书。由于家里买不起灯油，只能借助月光读书。随着月亮的升高，江泌就拿着书，爬上屋顶，追着月光看书。

　　从《南齐书·列传第三十六·孝义·江泌传》和

《南史·列传第六十三·孝义上》的记载来看，江泌
不仅读书勤奋刻苦，而且特别注重品德修养，重视仁
义孝道，两书都把江泌归入列传孝义类，体现了历史
学家对他这方面的肯定和赞誉。史书记载，江泌性格
品行都非常仁义，他认为母亲生前因家里贫困，经常
吃不饱饭，所以他凡是遇见鱼类的菜肴都不忍心吃。

遇到吃蔬菜时不吃菜心，只吃老叶，他认为菜心包含有"生"的意思。他母亲的墓地为野火所烧，他哭了三天，眼泪都哭干了，后来眼里流出的都是血。他在后来为官时，看到官府的小吏离开差使，或者患流行病，都予以关照。有的小吏去世，江泌还为其买棺材，并送到地里安葬。在担任国子助教时，他乘坐牲口拉的车走到一个叫染乌头的地方，看见一位老翁徒步行走，于是就下车，让车子载着老翁，而他自己却步行。江泌为人厚道仁义，人们称他为"孝江泌"。

从江泌追月的读书故事中，我们不仅要学习江泌刻苦读书的精神，还要学习他高尚的道德情操。读书固然是要增长知识，开启智慧之门，但首要的是涵养德行，培育道德情操。曾子在《大学》中曾经深刻阐述了学习与修身的关系，提出："大学之道，在明明德，在亲民（亲即新），在止于至善。"曾子认为，大学学习的目的或要义，在于彰显人类本身所固有的光明的德行，在于使人们除旧布新，在于达到完美的境界。荀子在《劝学》篇中提出："君子博学而日参省乎己，则知明而行无过矣。" 荀子提出读书的目的在于培养道德情操，涵养君子人格。他主张君子要广泛地学习，每天要省察自己，那就会见识高明而行为不会有过错。所以，读书要见之于行，做到读书与修身相结合，这样就能更好地提升读书的境界。

沈峻

以杖自击的故事

以杖自击讲的是沈峻的读书故事。沈峻是南朝梁代著名学者、五经博士，字士嵩，吴兴武康（今浙江德清）人。

以杖自击是指沈峻昼夜苦读，睡意来袭时，就用木杖击打自己，以此鞭策自己继续读书。从以杖自击中我们看到了沈峻严格自律、刻苦读书的精神。这个故事出自《梁书·卷四十八·列传第四十二·儒林·沈峻》："昼夜自课，时或睡寐，辄以杖自击，其笃志如此。"

据《梁书》和《南史》（见《南史·卷七十一·列传第六十一》）记载，沈峻家中世代务农，到沈峻这一代开始勤奋好学，他与舅父一起拜同族人、著名学者沈麟士为师，跟他学习多年，昼夜苦读，有时睡意来袭，就用木杖击打自己，其学习的意志竟然如此坚定。

　　在他的老师沈麟士去世后，沈峻离开家乡，遍游各地讲堂，广泛学习，最终精通五经，尤其擅长三礼（《仪礼》《周礼》《礼记》三部儒家经典）。沈峻后来出仕为官，升为侍郎，并兼任国子助教。当时，吏部推荐沈峻为五经博士的继任者，认为沈峻精通《周官》一书。《周官》即《周礼》，此书是唯一阐述儒家官制和各国制度的典籍。沈峻的学识得到大家的认可，因此，他开馆讲学时，听讲的人数经常达到数百人，许多有学问的大儒也闻讯赶来听讲，莫不叹服。后来，他还曾协助中书舍人贺琛撰写《梁官》一书，在典籍整理和编撰方面作出了贡献。他的儿子沈文阿继承了父亲的学业，尤其精通《左氏传》，也被任命为五经博士。

我们要从沈峻以杖自击的读书故事中，学习他坚定的读书意志、严格的自律精神。读书从来都不是一件轻轻松松的事情，随着读书的开始，无数的困难或难题都将随之而来。读书由苦到甜，由少到多，由始到终，既是一个由他律到自律的过程，也是一个由他觉到自觉的过程。这一过程，是对无数读书人的考验。古往今来，有许多读书人未能走完这一过程。如果要由读书的此岸达到读书的彼岸，那就需要不断锤炼我们的意志，坚定读书的信心。

燎麻照读的故事

刘峻

　　燎麻照读讲的是刘峻的读书故事。刘峻是南朝齐、梁间著名学者、文学家，字孝标，祖籍平原（今山东）。

　　燎麻照读，是指刘峻经常在晚上点燃用麻秆扎成的火把，照亮自己读书，形容刘峻刻苦读书的精神。"燎"即焚烧，"麻"指麻秆。燎麻照读出自《梁书·卷五十·列传第四十四·刘峻》："峻好学，家贫，寄人庑（wǔ）下，自课读书，常燎麻炬，从夕达旦，时或昏睡，爇（ruò）其发，既觉复读，终夜不寐，其精力如此。"据《王力古汉语字典》解释，文中"庑"，指堂下周围的走廊。"爇"，意即烧或点燃。

　　这里讲的是刘峻自小好学，家里贫穷，寄居在别人家的廊屋里。他读书不用别人督促，自我约束，每天给自己规定了要读多少书。经常点燃用麻秆扎成

的火把，照亮自己读书。他从晚上一直读到天亮，有时太困了，昏睡时，火把甚至烧着了自己的头发，但他惊觉醒来后又继续读书，一整夜不睡觉。他就是如此专心刻苦地读书的。

《梁书》和《南史》都记载了刘峻的读书故事。刘峻出生时正赶上北方战乱，出生刚一个月，母亲就把他带回乡下。刘峻8岁时，被人掠卖到中山，沦为家奴。中山的一个富人很可怜刘峻，用丝帛把他赎了出来，并教他读书。后来他回到了自己的家乡，还一直坚持勤奋读书。他感到自己见识不广，读的书不多，便到处寻找没有看过的书。凡是听说京师有书的人家，就前去乞求，借到家里来看，以至于有人称他是"书淫"，即嗜书成癖、好学不倦的人。正因为如此，刘峻才能博极群书，文藻秀出。刘峻学有所成，曾经为《世说新语》作注，收集的材料很丰富。刘峻所作《辩命论》，提出："命也者，自天之命也。"他的"自天之命"是一种"自然"的必然性，以此反对有神论。刘峻的《广绝交论》对南朝士大夫的"人情世态"作了揭露和鞭挞。

刘峻燎麻照读，在历史上也曾出现过同样的读书故事，比如囊萤映雪的故事、燃藜夜读的故事、燃糠自照的故事等，但其内涵与特点不尽相同。燎麻照读的读书故事意蕴深刻，令人思考。这个故事固然展现了刘峻勤奋刻苦的一面，但同时也凸显了其自课读书的一面，这就是自我意识、自我追求、自我奋发的体现。刘峻家贫，寄人篱下，不怨天尤人，不虚度光阴，而是一心向学，做到心境坦然，自课读书，这是一种难能可贵的精神追求，也是读书改变命运的生动故事。

织帘
诵书
的
故事

沈
麟
士

织帘诵书讲的是沈麟士的读书故事。沈麟士是南朝齐代学者、教育家，字云祯，吴兴武康（今浙江德清）人。

织帘诵书是讲沈麟士一边织帘，一边读书，以此形容他刻苦读书。帘，用布、竹片、苇子等做成遮蔽门窗的东西，如门帘、窗帘等。旧时店铺用作标志的旗帜，亦称为帘。织帘诵书的读书故事出自《南齐书·卷五十四·列传第三十五·沈麟士》："麟士少好学，家贫，织帘诵书，口手不息。"这里是讲沈麟士年少时爱好读书学习，由于家境贫寒，他就边织帘边读书，口和手都不停息。

《南齐书》和《南史》（见《南史·卷七十六·列传第六十六·沈麟士》）都记载了沈麟士的读书故事及其治学成就。沈麟士从小聪慧，7岁时，他听叔父沈岳与宾客谈论玄理之学，待宾客散去以后，他能毫无遗漏地复述叔父谈论的内容。叔父沈岳抚摸着他的肩膀说："如果文脉不绝的话，希望恐怕就在你了。"沈麟士在父亲去世后，生活陷入贫困，只得一边靠织帘维持生计，一边读书。乡邻们都称他为"织帘先生"。

　　沈麟士长大以后，博通经史，宁静淡泊，不慕荣利，有高尚的情怀和品行。沈麟士曾经苦于无书可读，于是到京都游历，遍观经、史、子、集四类图书，为古人所留下的鸿篇巨制而感叹不已，不久便称病回乡，潜心读书治学。沈麟士学问深厚，被人们称为"奇士"。有许多人向朝廷荐举他，劝他去做官。朝廷多次征召，他都不予回应。他说："我没有高尚的德行，忘世超脱，为什么不能使自己谦退些呢？"于是作《玄散赋》以表心迹，断绝与尘世的来往，隐居在吴差山，讲授经书，跟他学的有百十人。沈麟士什么也不追求，一心努力读书，时常傍着几案弹琴。自己砍柴打水，一天的饭吃两天，到老保持操守，读书不倦。人们称赞他"怀书而耕，白首无倦，挟琴采薪，行歌不辍"。他年过八十，还耳聪目明，当时人们认为他是静心养身才得以有这样的好身体。他的居所遭火灾，书被烧掉数千卷。他用旧纸的背面，就着火光仔细书写，又写成两三千卷，装满了几十箱。他作《黑蝶赋》以寄托情怀，著有《周易·两系》《庄

子内篇训》，注《易经》《礼记》《春秋》《尚书》《论语》《孝经》《丧服》《老子要略》数十卷。

　　沈麟士织帘诵书的故事，不仅反映了古代读书人勤学苦读的精神，而且也为我们展现了古代先贤淡泊宁静的读书境界，正如三国时期政治家诸葛亮所说："非淡泊无以明志，非宁静无以致远。"读书能否持之以恒，是否有所成就，与一个人的志向和心态有密切关系。宋代哲学家陆九渊在《象山先生全集·与刘深甫》中谈道："开卷读书时，整冠肃容，平心定气，诂训章句，苟能从容勿迫而讽咏之，其理当自有彰彰者。"在这里，陆九渊谈到了读书要保持好的心态。在当下，心浮气躁较为普遍，安心读书较为困难。因此，读书心态尤为重要。我们要向古代先贤学习，把读书当作治疗心浮气躁之病的一剂良药，保持好的读书心态，平心定气，从容不迫，细细品味书中含义，慢慢悟出书中道理。

卷不辍手的故事

萧衍

卷不辍手讲的是萧衍的读书故事。萧衍是南朝第三个王朝梁朝的创立者，史称梁武帝，南朝齐、梁时代文学家，字叔达，小字练儿，南朝兰陵郡中都里（今江苏常州）人，西汉相国萧何的后裔。

卷不辍手是指书籍不离手，形容勤奋好学。其中，"卷"指书卷、书籍；"辍"，即中止、停止。卷不辍手出自《梁书·卷三·本纪第三·武帝下》："少而笃学，洞达儒玄。虽万机多务，犹卷不辍手，燃烛侧光，常至戊夜。"这里讲到萧衍年少时爱好读书学习，通晓儒道之学，虽然政务繁多，还坚持做到书不离手，点燃蜡烛借光读书，常常读到五更时分。

据《梁书》和《南史》记载，萧衍天生淳厚孝顺，6岁时，太后逝世，他连续三天水米不入口，哭泣哀伤，超过成年人，亲属们都为之惊异。他年少时就养成了读书的习惯，文思敏捷，凡事都仔细探究，

深入思考，成人后读书不辍，博学能文，学有大成。
萧衍在诸事繁忙之余，还撰写了《制旨孝经义》《周
易讲疏》《乐社义》《毛诗答问》《春秋答问》《尚
书大义》《中庸讲疏》《孔子正言》《老子讲疏》等，
共 200 多卷，力求匡正先代儒者的迷惑，揭示古代圣
人的旨意。萧衍还主持编纂《通史》，亲自写作序言，
全书共 600 卷。他重视教育，还修造国子学，增加学
生名额，建立五馆，设置五经博士。萧衍博学能文，

工书法，通音律，重视民歌乐府，他的不少作品收录于《艺文类聚》《乐府诗集》之中。

　　从卷不辍手的故事中，我们看到历史上许多有成就的政治家、文学家、史学家、科学家或军事家，有一个共同的现象，就是卷不辍手，或曰手不释卷。读书是他们成才、成功的基础，读书也成了他们须臾离不开的生活习惯。在古代典籍中，记载了不少关于手不释卷的故事，涉及多位历史人物，如孙权、曹操、赵普等。而萧衍卷不辍手的故事还给我们以新的启示：读书与写作相互促进，读书为写作奠定了深厚基础，写作激发了读书的欲望，深化了读书的成效。所以，我们如能做到读写结合，卷不辍手就会成为常态，读书就会更有收获。

江革

雪夜苦读的故事

　　雪夜苦读讲的是江革的读书故事。江革是南朝梁代大臣，字休映，济阳考城（今属河南）人。

　　雪夜苦读的故事出自《梁书·卷三十六·列传第三十·江革》："时大雪，见革弊絮单席，而耽学不倦。"这里讲的是大雪之夜，江革盖着破旧的棉被，铺着单薄的席子，却仍然沉浸在学习之中而不知疲倦，反映了江革雪夜不惧严寒、不怕生活贫困、顽强苦读的学习精神。

　　从《梁书》的记载来看，江革年幼时很聪敏，很早就显露出才气，6岁便能写文章。父亲很欣赏他，曾经对人说："此儿必兴吾门。"他与弟弟江观是双胞胎，9岁时父亲去世，兄弟俩少年孤贫，没有师友，互相勉励，读书不倦。16岁时母亲去世，服丧期满后，与弟弟江观一起前往京城的太学读书。江革成绩特别优秀，补为国子生。中书郎王融、吏部郎

谢朓二人都器重他。有一天晚上，谢朓从宫中值守回家途中，正好路过江革的住处，去看望江革。这时天下着大雪，谢朓看到江革"弊絮单席，而耽学不倦"。

江革在寒冷的夜晚，盖着破旧的棉被，铺着单薄的席子，却仍然沉浸在学习之中，不知疲倦。谢朓看到这个情景，感叹不已，便脱下所穿短袄，给江革披上，并亲手把自己用的毡子割下一半，给江革充作卧具，然后才心怀不忍地离开。

后来，江革雪夜苦读的故事逐渐传播开来，他先后被举荐为学士、秀才。江革的才能也为朝廷所重视，他被任命为朝廷重臣。他十分重视个人的道德修为，将读书与修身相结合，把自己的学问和才能运用到社会，出仕为官，历官数十年，办事公正，为官清正，家徒四壁，深受世人敬重。有一次，他在外地为官期满，朝廷调他回京都，老百姓都依依不舍，所有赠送的礼物江革一概不收，只乘坐一条小船。船舱有点偏斜，他在里面不能安卧。有人对他说："船舱不平衡，渡河就很危险，应该用重物填充船舱使之平稳。"江革没有带什么物品，于是就在岸边搬取十多块石头放在舱内，使船保持平衡，由此可见他确实十分清贫。

江革雪夜苦读，敝絮单席而耽学不倦，寒窗数载而矢志不渝，这种勤学苦读的精神，激励了后来无数的读书人。唐代文学家韩愈说："书山有路勤为径，学海无涯苦作舟。"在攀登书山、畅游学海之时，唯有"勤"与"苦"是不二法门。

李密

牛角挂书
的故事

　　牛角挂书讲的是李密的读书故事。李密是隋代末期农民起义中瓦岗军后期首领，早年重视读书，有较高的文化素养，眼光独到，足智多谋，在农民起义军中出类拔萃。

　　牛角挂书出自《新唐书·李密传》："以蒲鞯乘牛，挂《汉书》一帙角上，行且读。"文中的"蒲鞯"（pújiān），是指用蒲草编的垫子。"帙"（zhì）即书套，书一套为一帙。《新唐书》说到的牛角挂书，是指李密将一套《汉书》挂在牛角上，边走边读。李密为什么要将书挂在牛角上看呢？

　　《新唐书》较为完整地记载了李密的成长经历和他牛角挂书的读书故事。李密出身名门世家，年少时就见识雄阔高远，办事动脑筋，多有智谋。他常分散家财来供养宾客，礼待贤士。他曾经做隋炀帝的侍从官，但不久便借病辞官回家了，他决心专心致志地

　　读书，认为这样才能更加有所作为。有一次，李密听说在缑（Gōu）山有一位叫包恺的高士，他打算向这位高士求学。他感到徒步走比较慢，就用蒲草编的垫子铺在一头牛的背上骑着赶路。由于路途遥远，不想白白浪费时间，他就在牛角上挂了一部《汉书·项羽传》，这样就可以一边赶路一边读书了。在路途中，李密碰到了当时在朝为官的越国公杨素。杨素看到在牛背上认真读书的李密和挂在牛角上的书籍，于是上前问李密："哪儿来的书生这般勤奋？"李密认识杨素，忙从牛背上下来参拜。杨素问李密："你读的是什么书？"李密回答说："我读的是《汉书·项羽传》。"杨素于是和他交谈，觉得很惊奇。回家后他对儿子杨玄感说："我看李密的见识风度，不是你们这些等闲之辈可比的。"

李密由于勤于读书，知识渊博，又长于谋略，打了很多胜仗，很快成为瓦岗军后期首领，在隋朝末年农民起义战争中发挥了重要作用。在另一部史书《旧唐书·李密传》中，记载了李密文韬武略的事迹，他自己动手起草讨伐隋炀帝的檄文，历数杨广十大罪状。檄文中有一句"罄南山之竹，书罪未穷；决东海之波，流恶难尽"，是"罄竹难书"这一成语的直接来源，体现了李密读书的功底和才华。

牛角挂书之所以流传后世，是因为这个故事为读书人树立了一个勤奋学习的榜样。读书的多与少往往取决于是否勤奋，能否利用好时间。时间对每一个人都是公平的，但每一个人利用时间的情况是不一样的。李密能抓住骑牛赶路的时间边走边读，今天的人们乘交通工具出行也是家常便饭，在旅途中，在汽车、高铁、轮船和飞机上，我们能否有这个意识，抓住一切能利用的时间来读书呢？

磨杵成针的故事

李白

　　磨杵成针，也作铁杵成针或铁棒成针，讲的是李白的读书故事。李白是唐代的浪漫主义诗人、盛唐文化的代表人物，其诗歌享誉海内外。

　　磨杵成针出自明代陈仁锡《潜确类书》（又名《潜确居类书》）："李白少读书，未成，弃去。道逢老媪磨杵，白问其故，曰：'欲作针。'白感其言，遂卒业。"磨杵成针的"杵"（chǔ），是指舂米或捶衣的棒槌。这里讲的是李白小时候读书，没有完成学业就放弃离开了。他在路上遇见一位老妇人在磨铁棒。于是，李白问她磨铁棒干什么用。老妇人说："我想把它磨成针。"李白被她的话语和精神所感动，于是马上回去完成了自己的学业。后人将这个故事提炼为磨杵成针，用以比喻只要肯下功夫，坚持不懈，就一定能取得成功，即人们常说的"只要功夫深，铁杵磨成针"。

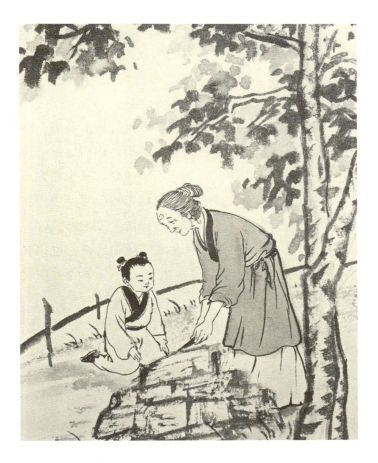

　　据《新唐书》和《旧唐书》记载，李白，字太白，出生时，其母梦见长庚星。中国古代把傍晚出现于西方天空的金星称为长庚星。长庚意为长年可见的亮星，长庚星又称金星、太白星，其母以此为李白命名。李白"少有逸才，志气宏放，飘然有超世之心"。他少年时就有出众的才气，志向宏大，气质豪放，俊逸潇洒，有超凡脱俗的气慨。他少年时代学习范围很广，除了阅读儒家经典和古代文史名著之外，还浏览诸子百家之书。20多岁之后，他出蜀东游，漫游了长江、黄河中下游的许多地方，读万卷书，行万里路，更加丰富了自己的人生阅历。李白边读书边游历，一生勤于创作，写下了不少诗歌，其中散失不少，现今尚存的有900多首，题材丰富多彩。唐代文学家韩愈给予李白、杜甫很高的评价："李杜文章在，光焰万丈长。"李白诗歌的艺术成就和地位，也如其名，就像一颗闪烁在中国诗歌艺术天空中的太白金星，光耀千秋！

　　每当我们读到李白的诗歌，自然就会想起磨杵成针的读书故事。从这个读书故事中，我们看到李白少年时与其他孩子一样，在读书遇到困难时，曾经有过犹豫，想过放弃。当他见到老妇人磨铁棒的情景，听到她想将铁棒磨成针的话语之后，深受感动，幡然悔悟，立志读书，后来成为一位伟大的诗人。这个读书故事给人启发最深的就在一个"磨"字。磨的是决心，磨的是信心，磨的是意志，磨的是耐力。不管读书的困难有多大，只要有毅力，下苦功去"磨"，坚持不懈读下去，就能够克服困难，取得成功。正所谓"书山有路勤为径，学海无涯苦作舟"。

韩愈苦读的故事

韩愈是唐代文学家、哲学家，字退之，河南河阳（现孟州）人。他少年苦读、一生勤学的故事流传久远。

据《旧唐书·韩愈传》《新唐书·韩愈传》的记载，韩愈三岁时就成了孤儿，由长兄韩会抚养。后来由于长兄被贬，韩愈随兄颠沛流离去了岭南的韶州（今广东韶关），后长兄因病去世，又随嫂子郑氏北归故里。韩愈在《祭郑夫人文》中谈到，他回归故里后，生活上更加艰难，可说是饥寒交迫，疾病和天灾相继而至。在兄嫂的关心下，他勤学苦读，"日记数百千言"，不需要别人督促。待他长大一些之后，就能通晓《诗》《书》《礼》《易》《乐》《春秋》等六部儒家经典。

在出仕为官之后，韩愈仍然做到手不释卷。他写的《进学解》一文真实反映了自己刻苦读书的人生

经历。他一生从来没有停止吟诵六经之文，也不曾停止翻阅诸子百家的书。对于记事的文章一定给它提炼出主要内容，对于立论的文章一定勾画出它的奥妙之处，这就是后人所称的"提要钩玄"读书法。每当太阳下山了，他就燃起油灯，一年到头，永远在孜孜不倦地研究学问，可见韩愈为学读书是多么勤奋。

　　韩愈治学读书，取得了很大的成就。在文学方面，他提倡古文，反对魏晋以来的骈文。由于他和柳宗元等人的倡导，形成了唐代古文运动，开辟了唐代古文的发展道路。韩愈所作赋、诗、论、传、记、颂、赞、碑志、状、表、杂文等作品，都有卓越的成就。韩愈的《师说》一文影响深远，论述了从师的必要性和为师的标准，批评了当时社会上流行的耻于从师的不良风气。"古之学者必有师。师者，所以传道、受业、解惑也。人非生而知之者，孰能无惑？惑而不从师，其为惑也，终不解矣。"韩愈在《师说》中提出的尊师重教思想以及对师生关系的认识，仍然值得我们借鉴、思考。

　　从韩愈苦读的故事中，我们看到韩愈一生学行结合，真正践行了自己在《进学解》中提出的观点："业精于勤，荒于嬉；行成于思，毁于随。"他年少时忍受颠沛流离、饥寒交迫之苦，立志学习，在无涯学海中以苦作舟，把勤奋读书作为一生的追求，终于学有所成。在读书学习方面，树立正确的苦乐观十分重要。艰难困苦，玉汝于成。穷困挫折，反而能锻炼人的意志，激励人们克服困难，奋发向上，努力学习。

开卷有益
的故事

赵炅

开卷有益，讲的是赵炅（Jiǒng）的读书故事。赵炅是北宋第二代皇帝即宋太宗，在位时结束了五代十国的分裂割据局面，并大规模扩充科举取士名额。《宋史》记载宋太宗赵炅自幼卓尔不群，天性喜欢学习，常看古书，讲究学问。因此，赵炅学问精深，多才多艺，博学多闻。

开卷有益，是指只要打开书读一读，就有益处。其中，卷是指书籍。开卷有益的故事出自北宋王辟之《渑水燕谈录·文儒》："太宗日阅《御览》三卷，因事有阙（即空缺），暇（即空闲）日追补之，尝曰：'开卷有益，朕不以为劳也。'"这里讲到了宋太宗赵炅每天坚持阅读《太平御览》三卷，有时因为有事情耽搁了，没有读到三卷，就利用空闲时间补上。他曾经说："打开书卷读一读，就有益处，自己不觉得辛苦。"

　　宋太宗赵炅重视文史典籍的整理出版，对中国文化的传承和典籍的整理保护作出了贡献。宋太宗太平兴国二年（977 年），他下诏开始编纂《太平御览》，用时将近 7 年完成。这是一部百科全书性质的类书。翰林学士李昉奉诏主纂，扈蒙等人参与修撰。全书 1000 卷，分 55 部，5363 类，总字数 478.4 万，引用古今图书及各种体裁的文章 2579 种。该书初名为《太平总类》，后下诏改为《太平御览》。由于《太平御览》收集的书多为宋代以前的古本，所以具有很高的史料价值。该书与同时期编纂的小说类书《太平广记》（宋太宗赵炅下诏编纂，500 卷）、文学类书《文苑英华》（宋太宗赵炅下诏编纂，1000 卷）、史学类书《册府元龟》（宋真宗赵恒下诏编纂，1000 卷）合称为"宋四大书"。

　　从开卷有益的故事中，我们看到了宋太宗赵炅勤奋读书的身影。难能可贵的是，他事务缠身、政务繁忙，许多军国大事需要他去处理，在这种情况下，有没有时间读书的问题，显得格外突出，但他仍然读书不倦，坚持每日读三卷《太平御览》，即使出现特殊情况而耽误读书，也要找时间补上。这种坚持不懈的读书精神值得我们学习。

　　所谓开卷有益，重点在"开卷"。许多人读书一曝十寒，开始热情很高，信心十足，一旦遇到困难，赶上事务繁忙，便选择放弃读书。这里有一个关于读书的观念问题，即读书确实经常会碰到一些难懂的问题，遇到读书和时间的冲突问题，这些都是客观存在的问题。但是，我们完全可以突破自身的观念抑或"执念"，不去追求那种一读就要读完、一读就要全部弄懂的理想境界。如果树立了"开卷有益"的观念，确立只要打开书看一看就有益处的观念，读书或许就会轻松得多，就更容易坚持下去，不会半途而废，遗憾终身。看来，如果人们能确立正确的读书观念，就有可能从开卷有益过渡到手不释卷。

的故事
手不释卷
赵普

　　手不释卷讲的是赵普的读书故事。赵普是北宋政治家，在五代后周时期为赵匡胤亲信幕僚，是协助赵匡胤策划陈桥兵变的主要人物之一。北宋建立后，曾任枢密使、门下侍郎、同中书门下平章事（相当于宰相）。

　　手不释卷，是指手里的书舍不得放下，形容勤奋读书。"释"即放下，"卷"为书卷。在古代典籍中，有不少关于手不释卷的记载，也涉及多位历史人物。此处关于赵普手不释卷的读书故事，出自《宋史·赵普传》："普少习吏事，寡学术，及为相，太祖常劝以读书。晚年手不释卷，每归私第，阖户启箧（qiè，即小箱）取书，读之竟日。及次日临政，处决如流。既薨（hōng，即死亡），家人发箧视之，则《论语》二十篇也。"这里讲的是，赵普年轻时熟悉一般的官吏之事，但读书很少，没有学问，等到做了宰相时，太祖赵匡胤经常劝他读书。赵普晚年手不释卷，每次回到家，就关起门来开箱取书，整天阅读。等到第二天上朝处理政务，决断很快，如流水一般。待他去世后，家里人打开箱子一看，原来他经常所读之书是《论语》20篇。

赵普年轻时忙于军务和政事，读书不多，但在他人劝读之下，能反躬自省，发愤读书，也为时不晚，多有所获。《宋史·赵普传》不一定全面反映了他的读书经历和所读之书，但也可看出，赵普手不释卷，熟读《论语》，反复揣摩，学行结合，将书本中的学问运用于处理政事，也实属不易，难能可贵。

中国历史典籍中，还记载了许多手不释卷的读书故事。《三国志·吕蒙传》裴松之注引的《江表传》，记载了孙权与吕蒙和另一东吴名将蒋钦的谈话："光武当兵马之务，手不释卷。孟德亦自谓老而好学。卿何独不自勖勉（xù）邪？"意思是当年光武帝刘秀统帅兵马的时候还手不释卷，曹操也称自己是老而好学，唯独你们就不能勉励自己去读书吗？《典论·自叙》记载了魏文帝曹丕的一段话："上雅好诗书文籍，虽在军旅，手不释卷。"曹丕在这里讲到了他的父亲魏武帝曹操喜欢诗书典籍，虽然在军旅之中，但手不释卷。这也印证了曹操边打仗边读书，老而好学，勤奋读书。

从手不释卷的读书故事中，我们看到一个现象，很多事务繁忙的人，或戎马倥偬，或日理万机，反而能做到手不释卷，勤奋读书，这值得我们去深入思考。一个人能否做到手不释卷，勤奋读书，与这个人对读书的认识和态度关系很大。如果认为读书影响到一生的成长与成就，关系到一个人的精神生活，那么就会有读书的持久动力。或许开始读书时，目的性、功利性比较强，到后来慢慢养成了读书的习惯，让读书变成我们生活中不可或缺的一部分，使读书成为我们的一种生活方式。到这个时候，读书就进入了另一种境界，由自然王国进入了自由王国，我们就会自觉做到手不释卷！

苏洵发愤
的故事

苏洵

　　苏洵发愤讲的是北宋文学家、散文家苏洵的读书故事。苏洵，字明允，号老泉，眉州眉山（今四川）人，与其子苏轼、苏辙合称为"三苏"，均被列入"唐宋八大家"。

　　苏洵发愤的故事流传久远，典籍中记载较多。南宋王应麟著《三字经》一文谈道："苏老泉，二十七，始发愤，读书籍。彼既老，犹悔迟，尔小生，宜早思。"这里所讲的是苏洵（别号老泉）直到27岁，才知发愤苦读。他老来虽学有所成，但还是后悔当初没有更早学习。年纪轻轻的人，应当早作考虑，珍惜大好时光，发愤读书自立。

　　《宋史·卷四百四十三·苏洵》提到苏洵"年二十七始发愤为学"，并且较为详细地记载了苏洵发愤读书的故事。苏洵27岁的时候才开始发愤学习，他参加进士及特殊才学的考试，都没有如愿得中。于是苏洵将自己以前写的文章全部烧掉了，经过十多年闭门苦读，终于精通了六经和百家之说。这时，每当下笔为文，很快就能写出数千字的文章。此后，苏洵和他的两个儿子苏轼、苏辙一同来到京师，拜谒翰林学士欧阳修。欧阳修很欣赏苏洵写的《权书》《衡论》《几策》等文章，认为可以与汉代贾谊、刘向的文章媲美，于是向朝廷举荐。一时公卿士大夫争相传阅，苏洵的文名因而大盛。几年之后，朝廷任他为秘书省（我国古代专门管理国家藏书的中央机构）校书郎。

苏洵读书治学皆有很深的造诣。他参与欧阳修主持的《太常因革礼》一书的编撰，这是一部宋代较为完备的礼典，共100卷。苏洵的散文尤其是史论、政论，论点鲜明，论据有力，见解精辟，层层剖析，步步进逼，语言犀利，纵横上下，奔放自如，具有雄辩的说服力，受到欧阳修、曾巩等名家的称赞。苏洵在《六国论》一文中提出应以自强御外，不应以贿敌企求苟安："六国破灭，非兵不利，战不善，弊在赂秦。赂秦而力亏，破灭之道也。"文章开头主旨鲜明，含义深刻，明确指出六国破灭的弊端在于用土地来贿赂秦国。苏洵在《心术》一文中提出："为将之道，当先治心。泰山崩于前而色不变，麋鹿兴于左（即附近）而目不瞬，然后可以制利害，可以待敌。"苏洵主张，做将领的首先应当加强自我修养，即使是泰山

崩倒在眼前，也要做到面不改色；麋鹿突然从身边跑
过，也要做到目不转睛。只有这样，才能够掌握战争
情况变化的利弊，也才能准确地对付敌人。

苏洵发愤读书的故事，对历代读书人都是一种激励！《三字经》讲得好："彼既老，犹悔迟，尔小生，宜早思。"一方面，年轻人要十分珍惜当下，莫负韶华，此时精力旺盛，理解力、记忆力强，务必抓紧读书，不要老来后悔。另一方面，中老年人也要抓住当下，莫负光阴，做到只争朝夕。历代先贤都主张活到老，学到老，把读书作为一种生活方式和精神追求。

程门立雪
的故事

杨时

程门立雪讲的是北宋学者杨时为了丰富自己的学问，向著名理学家程颐虚心求学的故事。

程门立雪的故事出自《宋史·道学传二·杨时》："一日见颐，颐偶瞑坐，时与游酢侍立不去。颐既觉，则门外雪深一尺矣。"这里讲的是，杨时携友人游酢一起在冬天登门拜访大学者程颐，正好赶上程颐闭目静坐，打盹休息。他们不忍打扰，便站立在门外等候，一直没有离开。当程颐醒来时，门外的雪已经下了一尺多深。

杨时为什么顶风冒雪在门外等候多时而不愿意放弃这次登门求学的机会呢？这要从杨时从小立志读书、终身追求学问说起。

杨时小时候特别聪明，能吟诗作文。长大一点之后，开始潜心研习经典史书，后来考中进士。当时河南洛阳人程颢、程颐兄弟二人，名气很大，是有名

的哲学家、理学的奠基者和创立者，讲授孔子、孟子绝学，河洛一带的士大夫全都拜他们为师。杨时也十分仰慕他们的学问，即使朝廷授了他的官职也没有去赴任。他先是以学生拜见老师的礼仪，在河南颍昌这个地方拜见了程颐的哥哥程颢，师生相处很融洽，讨论学问也很深入。当杨时要回家的时候，程颢目送他一程，说道："我的道学思想已南传了。"说明程颢非常认可杨时的学问，并确信杨时能传承自己创立的理学。4 年以后，程颢去世。杨时听到此消息后很悲伤。后来，杨时又去洛阳拜见程颢的弟弟程颐，进一步探求理学之道。当时他大概有 40 岁了。这次登门拜访，正赶上程颐闭目休息而坐，杨时"程门立雪"，一直等待老师程颐醒来后，才开始请教学问之事。这次拜访过程中，杨时与他的老师程颐反复辩论，听到理一分殊之说后，心中豁然开朗，诸多疑问烟消云散。

杨时闭门读书十年之久，后曾出仕，有好的政绩，百姓都始终不忘，各地的士大夫也不远千里来与他交往，其人品、学问深受人们的推崇，许多学者都推崇杨时为程颢、程颐理学的正统传人。

从程门立雪的故事中，我们既看到了杨时尊师重道、虚心求教的高尚品格，也学到了杨时为学读书孜孜以求、锲而不舍的刻苦钻研精神。

圆木警枕
的故事

司马光

　　圆木警枕讲的是司马光的读书故事。司马光是北宋政治家、史学家，字君实，号迂叟，陕州夏县（今山西夏县）人。

　　圆木警枕的读书故事出自宋代范祖禹的《司马温公布衾铭记》："以圆木为警枕，小睡则枕转而觉，乃起读书。"在这里，圆木警枕是指司马光用圆木做枕头，因其易于滚动，小睡时容易惊醒，以便醒来继续读书。人们常用圆木警枕来形容司马光刻苦读书的精神。实际上，圆木警枕在早期也曾用来反映五代十国时期吴越王钱镠（Liú）勤奋不懈的精神，而且这个典故就来自司马光所著《资治通鉴·第二百七十卷》的记载："镠自少在军中，夜未尝寐，倦极则就圆木小枕，或枕大铃，寐熟辄欹而寤，名曰警枕。"司马光此处所讲的圆木警枕，是指吴越王钱镠在军中，黑夜从未睡过，常常通宵达旦处理军政事务。实在困倦的时候，钱镠就枕上一根小圆木做成的枕头，或者枕上一个大铃铛休息一下。睡着后小木枕头或大铃铛一偏斜，钱镠就惊醒了，便继续工作，他把这种枕头叫"警枕"。司马光在记述吴越王钱镠的事迹时，也许受到了启示，后来便借"圆木警枕"的方法用于自己刻苦读书。

从《宋史·列传第九十五·司马光传》的记载来看，司马光从小就爱读书，聪明伶俐。他7岁时，就像一个成年人，听到他人讲说《左氏春秋》，便喜爱上了这部书；回去给家人讲解，就能讲述其中的大概要旨。自此以后手不释卷，以致不知饥渴寒暑。《宋史》中还记述了一个流传久远的故事，即司马光砸缸。讲的是司马光和一群小孩子在庭院里面玩，一个小孩站在大缸上面，失足跌落缸中被水淹没，其他的小孩子都跑掉了，只有司马光拿石头砸开了缸，水迅速流出，落水小孩因此得救。此后，京城、洛阳民间把这一故事画成图流传开来。

司马光学有所成，学识渊博，除史学外，律历、音乐、天文、书数，无所不通，尤其是在史学方面颇有成就。司马光历时19年，总其大成，在刘恕、范祖禹等人的协助下，编撰了中国古代史学巨著《资治通鉴》。全书294卷，另有《目录》30卷，《考异》30卷，记载了从公元前403年到公元959年共1362

年的中国历史。《资治通鉴》一书，由于司马光精心审稿，统一修辞，文字优美，叙述生动，具有很高的文学和史学价值，人们对该书评价很高，将其与《史记》并列为中国古代史家绝唱。

从圆木警枕的读书故事中，我们看到，要做到勤学苦读、读有所成，并不是一件容易的事。圆木警枕，重在一个"警"字。警者，有告诫之意。需经常告诫自己，读书要抢时间，珍惜光阴；警者，又有警惕之意，自己要多加警惕，不能放松，读书贵在坚持，否则一无所成。

划粥割齑的故事

范仲淹

　　划粥割齑（jī）讲的是范仲淹的读书故事。范仲淹是北宋政治家、军事家、文学家，其所作《岳阳楼记》成为历代传颂的名篇佳作。

　　划粥割齑是指将冷却凝固后的粥划开分成几块，将酱菜切成碎末，搭配食用。范仲淹读书为何要划粥割齑呢？这个故事出自《范仲淹全集·附录二·年谱》按《东轩笔录》，其中谈道："公与刘某同在长白山醴泉寺僧舍读书，日作粥一器，分为四块，早暮取二块，断齑数茎，入少盐以啖之，如此者三年。"文中"齑"同齑，即酱菜或腌菜。

　　《年谱》中简要讲述了范仲淹在艰苦条件下勤奋读书的故事。他当年与刘某一起在长白山醴泉寺僧人住所读书，自己每天煮一小锅粥，待粥凝固后，范仲淹就用刀把粥切成四块，早晚各取两块，切数根酱菜，放少许盐再吃，就这样度过了三年。范仲淹当时

　　的生活非常穷困，只能将熬好的粥分作早晚两餐食用，稀饭就咸菜，就这样坚持读书，长达三年之久。后人用划粥割齑的成语，来描述范仲淹刻苦读书的精神。

　　《宋史·范仲淹传》更为详尽地记载了范仲淹

的成长经历和读书佳话。范仲淹字希文，唐朝宰相范履冰的后代，苏州吴县（今江苏苏州）人。范仲淹两岁时就失去了父亲，母亲改嫁到长山县一位姓朱的人家里，他也就改姓朱。出仕之后，恢复了原来的范姓，改名仲淹。他少年时就有志气，品行端正。长大后，他知道了自己的家世，很伤感，立志读书成才，于是就流着眼泪辞别母亲，前往应天府读书。他昼夜都不休息，冬天读书十分疲乏时，就用冷水浇脸。有时没有吃的，不得不靠喝稀粥度日。一般人都不能忍受的困苦生活，范仲淹却从不叫苦。由于他如此刻苦读书，后来考中进士，出仕为官，多有成就。

范仲淹学有所成，道德文章皆为人称颂。他通晓六经，精通易学，学者大多向他请教，解决疑难。他手捧经典，答疑解难，不知疲倦。他曾经用自己的俸禄供养四方游学之士，而他自己的儿子却要轮换穿一件好衣服才能出门，范仲淹对此却处之泰然。范仲淹为官清正，崇尚节操，心忧天下。他在《岳阳楼记》中写出的名句"先天下之忧而忧，后天下之乐而乐"，既反映了他的毕生志愿和理想抱负，也体现了他的家国情怀，为后世读书人树立了一个高尚的人生典范。我们从范仲淹划粥割齑的读书故事中，不仅要向他学习勤奋刻苦的读书精神，也要向他学习心怀天下、心系百姓的家国情怀。

以荻画地的故事

欧阳修

以荻画地讲的是欧阳修的读书故事。欧阳修是北宋政治家、文学家、史学家，唐宋八大家之一。

以荻画地，是指用荻秆当作笔，在地上写字学习，形容在艰苦条件下刻苦读书。"荻"音 dí，是多年生草本植物，形状像芦苇。以荻画地的故事出自《宋书·欧阳修传》："欧阳修，字永叔，庐陵人。四岁而孤，母郑，守节自誓，亲诲之学，家贫，至以荻画地学书。幼敏悟过人，读书辄成诵。及冠，嶷然有声。"（此处"嶷"读 nì，不读 yí，嶷然即小儿有智，年幼聪慧，见《王力古汉语字典》）

《宋书·欧阳修传》较为详细地记载了欧阳修的家世和他读书学习的故事与成就。欧阳修是江西庐陵（今江西吉安）人，4 岁时他的父亲就去世了，母亲一直守节未嫁，在家亲自教欧阳修读书学习。因家里贫穷，欧阳修只能把荻秆当作笔，在地上学习写

字。幼年时，欧阳修就聪敏过人，读书过目不忘。等到成年时，更是出类拔萃，在地方上很有名气。

　　欧阳修终生都保持着读书的习惯。他在随州游学时，在当地一个废旧的书箱子里发现了唐代韩愈的遗稿，读后十分仰慕。于是，他刻苦阅读韩愈的书稿，用心探究其中的要义，以至于废寝忘食，决心要追赶韩愈，和他并驾齐驱。由于他学习用功，后考中甲科进士。出仕为官之后，仍然做到读书不辍。欧阳修喜爱古代文化并酷爱学习，凡是周代、汉朝以来的金石遗文、断编残简，他都尽量收集并记录下来，仔细稽考、研究它们的不同之处，并在文后写上自己的跋语，一一加以严谨的考证，取名为《集古录》。欧阳修奉诏参与纂修《唐书》（即《新唐书》）的纪、志、表，又独立写成了《五代史记》（即《新五代史》），笔法严谨，文辞简约，大多继承了春秋笔法。在二十四史之中，欧阳修就参与了两部史书的编撰工作，为中华文化遗产宝库增添了珍贵的历史文献。在文学方面，欧阳修是北宋诗文革新运动的倡导者，改革了自唐末至宋初形式主义的文风和诗风。他的文学成就以散文最高，影响也最大。他一生写了500多篇散文，各种文体兼备，内容充实，平易自然，流畅婉转。宋代文学家苏轼评价欧阳修的文章时说："论说道理与韩愈相似，议论政事与陆贽相似，记叙事情与司马迁相似，诗词歌赋与李白相似。"

艰难困苦，玉汝于成。欧阳修从小家境贫困，笔墨纸砚都买不起，只能克服困难，以荻画地，苦读苦学。这些艰苦的条件和环境，不但没有消解他学习的意志和读书的毅力，反而为他一生的成长奠定了坚实的基础。今天，我们读书学习的条件发生了很大的变化，读书学习大可不必以荻画地。但是，我们可以从以荻画地的读书故事中，学习欧阳修坚韧不拔、勇于吃苦的读书精神。

上山看花的故事

沈括

　　上山看花讲的是沈括的读书故事。沈括是中国古代著名科学家，字存中，北宋钱塘（今浙江杭州）人。

　　上山看花与读书有什么关系呢？这里所说的上山看花，不是指赏花游览，而是指沈括上山考察桃花，了解桃花在山上盛开的时间与山下盛开的时间是否真的不同，以求证白居易诗中描述桃花开放时间的准确性。相传，少年沈括在读白居易所作《游大林寺序》一文中的一首诗时，对诗中桃花开放的时间产生了疑惑。原诗为："人间四月芳菲尽，山寺桃花始盛开。长恨春归无觅处，不知转入此中来。"沈括读这首诗时，他脑海里忽然冒出了一个问题：既然人间四月的花都开尽了，为什么山中寺庙里的桃花才开始盛开呢？为解开这个谜团，沈括与几位好友上山实地考察了一番，得知山上的温度比山下要低很多，所以山

上的花比山下开得晚。

沈括上山看桃花的故事，在他自己所写的《梦溪笔谈·卷二十六·药议》中大体得到了印证。《药议·采药不可限以时月》谈道："缘土气有早晚，天时有愆伏（愆音 qiān，愆伏指气候失常）。如平地三月花者，深山中则四月花。白乐天（白居易字乐天）游大林寺诗云：'人间四月芳菲尽，山寺桃花始盛开。'盖常理也，此地势高下之不同也。"沈括认为，之所以花期不同，是因为地气有早晚，天时有变化。比如在平原地区三月开花的植物，在深山中就要四月才开花。白居易的诗句说"人间四月芳菲尽，山寺桃花始盛开"，这是常理，因为地势高低不同，气温也会不同。

人们传颂沈括上山看桃花的故事，意在赞誉沈括善于读书、勤于思考的精神。沈括出身官宦家庭，自幼勤奋读书，得到母亲的指导。他 14 岁就读完了家中的藏书，并随父亲到访福建、江苏、四川、河南等地，游历之时，见识了各地人情事理，开阔了眼界。他 24 岁出仕，33 岁考上进士，曾任扬州司理参军，被推荐到京师昭文馆编校书籍，有机会读到众多皇家藏书。后迁升翰林学士、权三司使等职，被贬后定居在润州（今江苏镇江）梦溪园，潜心著述。

沈括一生做到多学多思，学有成就。他在物理学、数学、天文学、地学、生物医学、化学、工程技术等方面都有重要成就。例如，他在数学方面提出了高阶级差求数和公式以及求弧长的近似公式。他意识到了石油的价值，说明他具有远见卓识。尤其值得称道的是，沈括的科学名著《梦溪笔谈》，共 30 卷（现存 26 卷）、609 篇文章，分为故事、辩证、乐律、象数、书法、技艺、器用、神奇、药议等 17 个门类，集中反映了他一生的学识和见闻，以及思考和研究的成果，具有重要的学术价值和历史价值，为海内外读者了解中国科技发展史，提供了权威系统的史料。英国科学史专家李约瑟称，沈括是中国整部科学史中最卓越的人物。

我们从沈括上山看花的读书故事中看到，读书既要读，也要思，还要证。读书要有独立思考，读书也要存疑，将所读之书的内容和观点放到自然界去印证，放到社会生活中去检验，求其真伪，辨其谬误。这样不仅加深了我们对所读之书的理解和认识，而且还能不断丰富人类的知识，推动科学的发展。

过目成诵
的故事

刘恕

过目成诵讲的是刘恕的读书故事。刘恕是北宋史学家，字道原，筠州（今江西高安）人，在治史方面卓有成效。

过目成诵是指看过一遍就能背诵。过目成诵的读书故事出自《宋史·卷四百四十四·列传二百零三·刘恕》："恕少颖悟，书过目即成诵。"这里讲的是刘恕小时候聪颖，悟性很高，书读一遍即能背诵出来。

从《宋史》的记载来看，刘恕从小好读书，也善读书，天资聪颖。8 岁时，刘恕听到来家里的一位客人在言谈中说到孔子没有兄弟，刘恕马上应声道："以其兄之子妻之。"刘恕说的是《论语·公冶长篇》的一句话："子谓南容：'邦有道，不废；邦无道，免于刑戮。'以其兄之子妻之。"孔子评价南容这个人时说道，国家政治清明时，他总有官做，不被废弃；

国家政治黑暗时，也不至于被处以刑罚。于是孔子把自己的侄女嫁给了他，这说明孔子是有兄弟的。客人和在座的其他人听了刘恕的这一句插话都感到很惊异。看来，刘恕年纪虽小，但平时读书不少，且能信手拈来。

刘恕 13 岁的时候，为应试科考作准备，于是向他人借了《汉书》和《唐书》，只用一个月的时间就阅完了。刘恕拜谒丞相晏殊，反复向晏殊提出一些问题，使得晏殊也难以回答。刘恕后来被朝廷召用，并以重礼相待。他在讲解《春秋》时，丞相晏殊亲自率属官前去听讲。刘恕在受成人之礼前，就参加进士应考。当时皇帝有诏说，能讲经义的人单列考试，所以刘恕和其他数十人得以应诏。在应考中，刘恕以《春秋》《礼记》对答，他先列出有关《春秋》《礼记》的注疏，接着援引先儒们的各派学说，最后提出自己的见解。对于试题中的 20 个问题，刘恕都以这种形式作答，主考官十分惊异于他的才华，选拔他为第一名，后被赐进士第。

刘恕特别爱好史学，从司马迁的《史记》所记的历史开始，到五代后周显德末年，从纪传到私记杂说，无所不看，对上下数千年的史事，无论大小，都了如指掌。司马光主持编撰《资治通鉴》时，宋英宗命司马光自己选择馆阁中的英才一起参与修纂。司马光推荐了刘恕参与，认为刘恕是一位专精史学的学者，对各代历史尤其是魏晋以后的历史最为精熟，其考证也最为得心应手。刘恕做学问，从历数、地理、官职、族姓到前代公府案牍，都详研细考。为求一本书，他不怕走数百里之远，也要去阅读抄录，往往是废寝忘食。刘恕曾与司马光一道游历万安山，看见山道旁有一块碑，读后才知道碑是专为五代列将所立。对于别人不知其名的将领，刘恕都能一一说出其生平事迹，回来后与旧史对照，果如其言。有一位亳州的知县叫宋次道，他家藏书很多，刘恕知道后便前往借阅。宋次道每天都备上美味佳肴款待刘恕，而刘恕却说："我并不是为了美味佳肴而来的，请不要因此误了我的读书之事。"刘恕便独自闭门读书，昼夜口诵手抄，10 天之后，将宋次道家藏的书全部记在自己的脑海里和笔记中，为此，他还患了眼疾。刘恕著有《五代十国纪年》《资治通鉴外纪》等。

刘恕过目成诵，看起来是一种异于常人的聪慧，或是天赋，但仔细考察他的读书人生后发现，所谓过目成诵，也是建立在他从小勤奋读书的基础之上的。如果从小没养成读书的良好习惯，不专心致志，不熟读群书，不练就读书的本领，不掌握读书的方法，过目也不一定成诵。反之，有可能过目即忘。过目成诵的读书故事告诉我们，如要读出成效，成就人生，既要多读书，也要善读书。

邵雍

夜不就席的故事

夜不就席讲的是邵雍的读书故事。邵雍是北宋哲学家，理学重要代表人物，字尧夫，祖先是范阳（今河北涿州）人，幼年时随他父亲迁居共城（今河南辉县），后来又移居洛阳。

夜不就席是指邵雍晚上不上床睡觉，熬夜读书，形容邵雍勤奋刻苦。席，是指用草或苇子编成的东西，通常用来铺床或炕，此处代指床。夜不就席的故事出自《宋史·卷四百二十七·列传第一百八十六·邵雍》："雍少时，自雄其才，慷慨欲树功名。于书无所不读，始为学，即坚苦刻厉，寒不炉，暑不扇，夜不就席者数年。"

据《宋史》记载，邵雍年少的时候，就有雄心壮志，充满自信，认为自己才华出众，并且慷慨激昂地表达出想要建立功名的愿望。他博览群书，无书不读。刚开始读书时，他就很刻苦努力，冬天寒冷时不生炉子，夏天酷暑时不用扇子，晚上不上床睡觉，就这样一直坚持了数年时间。后来，邵雍感到过去的人不仅仅读古人的书，而且要广泛游历古人曾经游历过的地方，而他现在只是读了古人的书，却还没有去四方游历过，没有亲身理解和体验古代圣贤的思想和精神。于是邵雍越过黄河、汾水，跋涉于淮水、汉江一带，周游齐、鲁、宋、郑这些古国原来的地方，很久以后回到了家乡，幡然醒悟说："道就在游历之中了。"不久之后，邵雍拜北海李之才为师，学习义理之学、性命之学与物理之学，系统学习了《河图》《洛书》以及伏羲创立的八卦、六十四卦图像。老师所传授的都是上古中国的人文端绪，邵雍自己则深入探求那些隐秘于古书之中的更深的道理。他巧妙地悟解了许多似乎非常神奇的东西，洞察了其中的内涵和奥妙，在知识的海洋里得到了升华，这些多是邵雍自己深入思考和研究所得到的学识。

邵雍刚刚从共城迁居到洛阳的时候，生活条件仍很艰苦，居住在茅草房里，不能遮挡风雨，他便砍柴、烧火、煮饭以侍奉父母，虽然常常断炊，却怡然自得，读书不倦，自己感到很快乐。他给自己住的房子取名叫"安乐窝"，自称"安乐先生"。

邵雍一生致力于读书治学，著有《皇极经世》《观物内外篇》《渔樵问对》《伊川击壤集》等。邵

雍以先天象数之学而名于当世，他与周敦颐、张载、程颐、程颢等思想家一起，并称"北宋五子"。在哲学思想方面，邵雍提出宇宙的本原是太极，太极生出天地，天生于动，地生于静。他认为天地万物的生成变化是按照"先天象数"展开的，人是宇宙间"万物之至者"，人灵于万物。

从邵雍夜不就席的读书故事中看到，邵雍能做到"寒不炉，暑不扇，夜不就席者数年"，其刻苦读书治学的精神令人敬佩不已。这种精神来自哪里？观其一生，除了他自小就有雄心壮志、立志于学之外，还有一个缘由，就是来自他的乐观心态，以书为乐。他居住的茅草房屋，不能遮挡风雨，他常常断炊，饥不果腹。然而，他不以为苦，怡然自得，感到自己很快乐、很充实，自称"安乐先生"。我们今天的读书人要将读书进行到底，要搬走读书路上一座又一座的山头，也要学习古人的这种坚强意志和乐观精神。

黄庭坚

一日千里的故事

一日千里讲的是黄庭坚的读书故事。黄庭坚是北宋诗人、文学家、书法家，字鲁直，号山谷道人，又号涪翁，洪州分宁（今江西修水）人。

一日千里原来是形容马跑得很快，一天之内，行走一千里。在此处，一日千里是形容黄庭坚通过读书学习，一天之内就有很大的进步，其进步的速度犹如一天之内跑了一千里那么快。这个读书故事出自《宋史·卷四百四十四·列传第二百零三·黄庭坚》："幼警悟，读书数过辄诵。舅李常过其家，取架上书问之，无不通，常惊，以为一日千里。"

《宋史》和有关典籍记述了黄庭坚的读书故事和在文学艺术方面的成就。黄庭坚幼年时就机警聪明，特别好学，博览经史百家，读书数遍就能背诵。他的舅舅李常（宋代藏书家）到他家，随手取书架上的书，问他书中的问题，他没有不知道的。李常非常

惊讶，认为黄庭坚读书进步很快，如同一日千里，超出了常人的想象。

　　后来，黄庭坚考中进士，并参加了四京学官的考试。由于他应试的文章最优秀，因而朝廷请他担任国子监教授。苏轼有一次看到黄庭坚的诗文，认为他的诗文绝世出尘，可以说是一枝独秀，世上好久没有见到过这样的佳作，由此黄庭坚的名声传播开来。他与宋代张耒、晁补之、秦观都游学于苏轼门下，世人称为"苏门四学士"。黄庭坚提出"文章最忌随人后，自成一家始逼真"。他有志于在诗歌上独辟门户，最终形成了自己的诗歌风格，与苏轼并称"苏黄"。他存诗1500多首，内容丰富，题材广泛，立意深远，独具匠心。黄庭坚擅长行书、草书，楷书也自成一家。他的行书凝练有力，结构奇特，形成中宫紧收、四缘发散的崭新结字方法，对后世产生很大影响。黄庭坚一生诗词、书法作品较多，有《山谷全集》等传世。

从黄庭坚一日千里的读书故事中看到，黄庭坚读书之所以进步很快，是因为他吃得苦、抓得紧、读得多，对读书有着强烈的紧迫感和求知欲。南宋哲学家、理学家朱熹有"读书六法"，其中就有"着紧用力"一说。面对浩如烟海的典籍，谁抓得紧，谁就会读书多。"着紧用力"要求人们必须做到精神抖擞、抓紧时间、发愤忘食。朱熹甚至把抓紧时间比喻为救火治病，逆水撑船。他说："直要抖擞精神，莫要昏钝，如救火治病然，岂可悠悠岁月？为学正如撑上水船，一篙不可放缓。"黄庭坚的读书精神与朱熹的读书观点，都值得我们学习借鉴。

书
巢
勤
学

的
故
事

陆
游

　　书巢勤学讲的是陆游的读书故事。陆游是南宋诗人，字务观，号放翁，越州山阴（今浙江绍兴）人。陆游好学读书，其读书名句"书到用时方恨少，事非经过不知难"，以及"纸上得来终觉浅，绝知此事要躬行"等，成为人们的座右铭。

　　书巢勤学出自陆游所著《书巢记》："陆子既老且病，犹不置读书，名其室曰书巢。""置"即舍弃，放弃。陆游讲到，自己已经年老而且多病，仍不放弃读书，把自己的居室取名叫书巢。他在文章中谈道，有客人问他，喜鹊、燕子、凤凰筑巢，都有一定的功用，也有各自筑巢的特点。现在你有房子居住，屋内有门窗墙壁，可是你却将这居室称为巢穴，这是为什么呢？陆游解释说，他的屋子里到处都藏着书，有的藏在木箱里，有的摆在眼前，有的排列在床头枕边，环顾四周，没有不是书的。饮食起居，疾病呻吟，悲

伤忧虑，愤激感叹，没有不和书在一起的。客人不来，妻子和儿女都不看，连天气风雨雷雹的变化，也都不知道。偶尔想从书堆里站起来，书都围着我，就像树枝围着我一样，有时甚至到了不能走路的地步，于是自己笑着说："这不就是我所说的巢吗？" 客人听了便进屋去看，开始不能进去，进去了又不能出来，于是大家都笑着说："确实是像巢一样啊。"

据《宋史·卷三百九十五·列传第一百五十四·陆游传》及有关典籍记载，陆游自幼好学不倦，12 岁就能作诗文，自称"我生学语即耽书，万卷纵横眼欲枯"，从牙牙学语的时候就开始沉迷于书籍，读遍群书，看得眼睛都枯涩了也没有停止。他青年时代曾经向江西派诗人曾几学诗，后来又向前代诗人屈原、陶渊明、李白、杜甫等人学习，从他们的诗作中汲取滋养，不断丰富自己的诗词创作。他一生创作诗歌 9300 余首，在思想性和艺术性方面有很高的造诣。在陆游的诗作中贯穿了一个鲜明的主题，这就是炽热的爱国主义精神和忧国爱民的情怀，即使到了暮年也是初心不改。他在《示儿》一诗中写道："死去元知万事空，但悲不见九州同。王师北定中原日，家祭无忘告乃翁。"

从陆游书巢勤学的读书故事中看到，陆游从小到老，都以读书为生。他从牙牙学语到迟暮之年，由沉迷于书到乐此不疲，由手不释卷到筑书为巢，不仅反映了他勤学苦读的精神，而且也揭示了他不断发展、逐步提升的读书境界。由此可见，读书是一个丰富多样的精神世界，人们可以在这个精神世界中不断开拓自己的读书境界。从追求知识、满足就业和工作需要的读书，到以读书为生活的乐趣，将读书作为一种生活方式、精神享受的读书，就会从读书的自然王国，逐渐过渡到读书的必然王国，这或许是读书的理想境界。

九渊问父的故事

陆九渊

　　九渊问父讲的是陆九渊的读书故事。陆九渊是南宋哲学家，字子静，号存斋，抚州金溪（今属江西）人。因他曾经在江西贵溪象山讲学，被人们称为"象山先生"，学者常称其为"陆象山"。

　　九渊问父是指陆九渊在三四岁的时候，向他父亲提出天地的尽头在哪里这样超乎寻常的问题，形容陆九渊从小勤于思考、善于学习。九渊问父出自《宋史·卷四百三十四·列传第一百九十三·陆九渊》："生三四岁，问其父天地何所穷际，父笑而不答。遂深思，至忘寝食。"

　　《宋史》对陆九渊的读书人生作了详细记述。陆九渊自小就与众不同，长到三四岁时，问他的父亲天地的尽头在哪里。父亲笑着不回答他，他竟为这个问题思索不止，几乎到了废寝忘食的地步。在陆九渊少年的时候，他的行为举止更不同于其他的小孩，人

们都很敬重他。他读书时，不是一味盲从，而是时常
对书中内容提出质疑。他曾经对别人说："听人诵读
伊川（南宋哲学家程颐）的语录，自我感觉伊川之学
不合我的口味。"他又说："伊川所说的话，为什么
与孔子、孟子的言论不相似呢？最近我发现他的文章

中有很多不对的地方。"陆九渊初读《论语》，就怀疑有子（孔子的学生）的言论有些自相矛盾。一天，他读到古书，书中对"宇宙"二字解释说："四方上下曰宇，往古来今曰宙。"他看到这个解释后，忽然大彻大悟道："宇宙内的事，就是自己分内的事；自己分内的事，也就是宇宙内的事。"陆九渊这一"大悟"，悟出了个体与宇宙之间的紧密联系，也为他后来创立心学打下了一个基础。

陆九渊一生治学严谨，著有《象山先生全集》，共 34 卷。他是南宋心学的重要代表人物，与以朱熹为代表的理学相抗衡。他提出"心即理"，"人皆有是心，心皆具是理"，认为"心"与"理"是完全同一的，宇宙万事万物之"理"，就是每个人心中之"理"，因而，他提出："宇宙便是吾心，吾心即是宇宙。"由此，陆九渊有一句名言："学苟知本，六经皆我注脚。"许多人都听到过这一说法，但在理解上多有歧义。有的认为，陆九渊这句话的意思是，《诗》《书》《易》《礼》《乐》《春秋》等六经之书，皆是我的注释，其实不然。我们要从陆九渊的心学观"心即理"去理解。"学苟知本，六经皆我注脚"的意思是，如果通过学习发现了自己的"本心"，只要人的"本心"合乎天理，那么六经只不过是帮我们发现自己本心的注脚和文献而已。

从九渊问父的读书故事中看到，陆九渊从小就有异于常人的地方：一是善于思考。他始终保持了善学善思的好习惯。他幼小时，就为了一个关于天的尽头在哪里的问题，思考到几乎废寝忘食的地步。这一点与哲学家、理学家朱熹的读书习惯是相同的。读是思的基础，思是读的深化。只有经过自己的思考，弄清楚书中的问题，才能说得上读懂了书的内容，掌握了书中的知识，巩固了读书的成果。二是善于质疑。战国时期思想家、教育家孟子说："尽信《书》，不如无《书》。"在这里，《书》是指《尚书》，由春秋战国时期史官汇编而成，被称为政书之祖、史书之源。孟子提出，完全相信《书》，倒不如没有《书》。意思是，《尚书》记载的内容不能全信。若全信，就可能被误导。如果是这样，还不如没有这本书，或者还不如不看这本书。由此看出，孟子持有读书存疑的观点。陆九渊初读《论语》，就怀疑有子（孔子的学生）的言论有些自相矛盾。他后来无论是读书，还是做学问，一直都坚持了读书存疑的观点，这对他创立心学具有重要的作用。今天，我们读书仍然要秉持读书存疑的观点，通过自己的独立思考与社会实践来检验书中的内容和观点。

朱子问天的故事

朱熹

朱子问天讲的是朱熹的读书故事。朱熹是南宋哲学家、教育家，宋代理学大家，儒学的代表人物。朱熹字元晦，一字仲晦，祖籍婺源（今江西婺源），生于福建尤溪，卒于福建建阳，后人将他创立的学派称为"闽学"。

朱子问天的读书故事出自《宋史·列传一百八十八·道学三·朱熹》："熹幼颖悟，甫能言，父指天示之曰：'天也。'熹问曰：'天之上何物？'松（朱熹父亲名朱松）异之。就傅，授以《孝经》，一阅，题其上曰：'不若是，非人也。'尝从群儿戏沙上，独端坐以指画沙，视之，八卦也。"

从《宋史》的记载来看，朱熹从小聪颖，悟性很高。他刚刚学会讲话时，父亲指着天告诉他说："这是天。"朱熹便接着问道："天的上面是什么呢？"父亲听到朱熹提的问题后很惊讶，因为小孩子们很少会

去思考天外的事情，认为朱熹是一个善于思考和学习的苗子，就让他从师受学，教他读《孝经》。朱熹读过一遍，就在书上题写道："如果不能像书上说的那样去做，就不能算作一个人。"可见，朱熹小小年纪，就懂得了孝道，并且立志践行。朱熹曾经和一群儿童在沙子上玩耍，他独自端坐，用手指在沙土上画画，看他画的图形，是一幅八卦图，这也看出朱熹从小就很好学。

朱熹少年时就立下求道之志。他14岁丧父，失去了生活保障，依靠父亲的好友刘子羽生活。父亲临终前嘱咐他以后要向胡原仲、刘致中、刘彦冲这三位有学问的先生求教学习。朱熹后来既广泛地学习经传，又多方面结交当世有识之士。每当遇到有学问的人，则不远数百里，徒步前往学习。

朱熹治学严谨，学有所成。在治学方面，朱熹主张穷理以致其知，反躬以践其实，即通过深入研究事物蕴含的道理以扩充自己的知识，并将知识运用于现实生活中。在哲学方面，他提出理气论，认为"理"是先于自然现象和社会现象的形而上者，是"气"和万物赖以存在的根据或本原，也是事物发展的规律和伦理道德的基本准则，"气"则是形而下者，是有情、有状、有迹的，"有理而后有气"。

朱熹非常重视教育，他是中国教育史上第一个把儿童教育和青年教育作为一个统一过程来考察的人。他认为，小学教育的基本任务，不是单纯的文字训练，而是要向儿童灌输道德观念和训练道德行为习惯。他提出大学的基本任务是"穷理"，即研究义理，主要途径是熟读五经。

在读书方面，朱熹多有论述，他自己总结为"读书之法莫贵于循序而致精，而致精之本，则又在于居敬而持志"。朱熹的门人辅汉卿等人将朱熹自述的读书方法展开，归结为"朱子读书法"六条，即循序渐进、熟读精思、虚心涵泳、切己体察、着紧用力、居敬持志。朱熹一生著作等身，主要著作有《四书集注》《四书或问》《太极图说解》《周易本义》《通书解》《西铭解》等，有《文集》100卷、《续集》11卷、《别集》10卷流传于世。

我们从朱子问天的读书故事中看到，朱熹一生勤奋读书，取得丰硕成果，在哲学、教育、读书等方面提出了自己系统的思想观点，其中许多观点，见解独特，思想深刻，对后世影响深远。他读书能成功，除了刻苦用功之外，还与他将读书与思考相结合有很大关系。他从小就养成了边学习、边思考的好习惯。一般人听人说天就去看天，朱熹听人说天，就去思考天的上面是什么的问题。朱子问天的读书故事流传至今，人们除了称赞朱熹从小聪慧之外，或许还赞赏他善于思考的长处。孔子主张读书要做到学思结合，这样读书才会有收获。孔子在《论语》中说："学而不思则罔，思而不学则殆。"如果只是读书而不思考，就会受欺骗；反之，如果只是空想而不去读书，就会有许多疑惑。为此，我们需要多向朱熹学习，多学多思。

下编

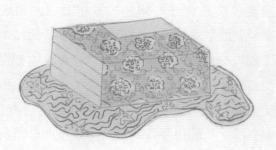

淹
贯
经
传

的
故
事

元好问

　　淹贯经传讲的是元好问的故事。元好（Hào）问是金末元初文学家、史学家，字裕之，号遗山，世称遗山先生，太原秀容（今山西忻州）人。

　　淹贯经传是指元好问经过 6 年时间，完成了精通百家经典的学业，以此赞誉他刻苦勤学的精神。其中，"淹贯"有精通、通晓之意，"经传"原指经典和解释经文的传，泛指重要的古籍经典。这个故事出自《金史·卷一百二十六·列传第六十四·元好问》："年十有四，从陵川郝晋卿学，不事举业，淹贯经传百家，六年而业成。"

　　据《金史》记载，元好问自幼聪慧，有"神童"之誉，他 7 岁就能做诗。他 14 岁的时候，跟随陵川的大儒郝天挺（字晋卿）学习，没有专注于科举考试的应试内容，而是专门用了 6 年时间，完成了诸子百家经典的学习。此后，元好问南下太行山，渡过黄

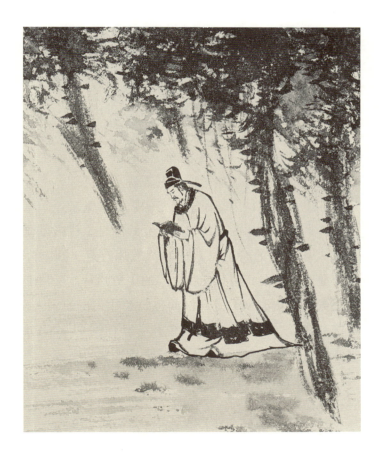

河，写了《箕山》《琴台》等诗。礼部尚书、文学家赵秉文看见了他写的这些诗，赞叹不已，向人推荐，认为近世以来还没有出现过这么好的作品。由此，元好问名震京师。他考中进士之后，曾经短暂为官，做过南阳等地的县令、尚书省左司员外郎等。金亡国之后，元好问不再出仕，游历山东、河北、山西等地，专心从事创作和史学研究整理。

《金史》对元好问的文章与诗作评价很高，认为他写文章有法度，体裁多样。他的诗词奇崛而绝无雕琢，巧饰而去掉绮丽。他的五言诗高古沉郁，七言乐府不用古题，特出新意。他写的歌谣慷慨豪迈，蕴含一种幽州、并州的豪侠气质。元好问是金代最重要的诗人和杰出的诗论家，他的诗歌现存近 1400 首，生动地展示了金元两朝交替之际的历史画卷，反映了他深刻的历史洞察力。元好问也是金代杰出的词人，有些名作流传至今。如《摸鱼儿·雁丘词》："问世间，情是何物，直教生死相许？天南地北双飞客，老翅几回寒暑。欢乐趣，离别苦，就中更有痴儿女。君应有语：渺万里层云，千山暮雪，只影向谁去？"

元好问晚年专注于金史编撰，四处收集史料。元好问说："不能让一个朝代的轨迹泯灭而得不到流传。"于是他在自己家中建造了一个亭子，在亭子中著述，并把自己写的稿子称为"野史"。凡是金朝君臣的遗言和往来活动，采访所闻，得到一些资料立即用寸纸细字作出记录，以至于收集到100多万字。流传至今的有《中州集》和《壬辰杂编》若干卷。后来的人编撰《金史》，大多依据他的著作而写成。元好问的著作除上述作品之外，还有《杜诗学》1卷、《东坡诗雅》3卷、《诗文自警》10卷等。他的全部著作被编为《元遗山先生全集》。

　　元好问淹贯经传的读书故事流传至今，为我们当代读书人提供了有益的借鉴：一方面，元好问读书非常专注，6年之中，心无旁骛，眼中只有读书这件事；另一方面，元好问重视打好读书治学的基础，用6年时间精通诸子百家经典，这为他以后的创作和研究打下了深厚的思想、学术和文化基础。

放牛读书
的故事

王冕

　　放牛读书讲的是王冕的读书故事。王冕是元代著名的诗人、画家，在我国文学艺术史上具有重要影响。

　　王冕放牛读书的故事出自《宋学士文集·芝园后集·卷第十·王冕传》（见《宋濂全集》）："王冕者，诸暨人，七八岁时，父命牧牛陇（通垄，即田埂）上，窃入学舍听诸生诵书，听已，辄默记，暮归忘其牛。或牵牛来责蹊田（踩踏），父怒挞之。已而复如初。母曰：'儿痴如此，曷不听其所为？'冕因去，依僧寺以居。夜潜出，坐佛膝上，执策映长明灯读之，琅琅达旦。"

　　从宋濂的记载来看，王冕是浙江诸暨人，在他七八岁时，他的父亲要他在田埂上放牛，他却偷偷地溜进学舍听学生们念书，听了就默默记住，晚上回来时忘了将牛牵回家。有时别人把牛牵回来，责备王冕

让牛踩踏了田里的庄稼。他的父亲很生气，狠狠地用鞭子打他。尽管王冕被打了，他还是不改，在放牛时照样去听学生念书。这时，他的母亲说："儿子读书这样痴迷，为什么不让他去做自己喜欢做的事呢？"

王冕于是就离开家，寄住在寺庙里。一到夜里，他就悄悄地走出来，坐在佛像的膝盖上，手里拿着书，借着佛像前长明灯的灯光诵读，书声琅琅一直读到天亮。

王冕放牛读书的故事，在其他许多典籍中也都有记载，比如《明史·列传·文苑·王冕》也有简要记述。从有关典籍的介绍来看，王冕多次考进士都落第了，他便放弃了科考，绝意仕途，雇了艘船下东吴、过大江，进入淮楚等地，北上大都（北京），游遍名山大川，开阔胸襟，增长见识。后来工诗善画，尤以墨梅著名。所作梅花有疏、有密，或疏密得当，枝干交错，层次分明，生动表达出梅花的特征与神韵。他经常以梅花自比，以此表达自己的清白本色。

从王冕放牛读书的故事中，我们看到了王冕从小热爱读书的那种执着精神和刻苦精神。尽管他小时候家里贫穷，但心中早就种下了读书的种子，亲近读书，喜爱读书，以至于达到痴迷的程度，打死也不回头。就阅读而言，爱读书是读好书、善读书的重要前提。只有亲近读书，喜欢读书，培养读书的兴趣，坚定读书的意志，发扬顽强执着的读书精神，才有可能多读书、读好书，读出成效。

居崖读书的故事

杨维桢

　　居崖读书讲的是杨维桢的读书故事。杨维桢是元末明初文学家、书法家，字廉夫，号铁崖，诸暨（今浙江）人。

　　居崖读书是指杨维桢在铁崖山上一书楼中居住读书达五年之久，以此形容他刻苦读书的精神。这个故事出自《明史·卷二百八十五·列传一百七十三·杨维桢》："筑楼铁崖山中，绕楼植梅百株，聚书数万卷，去其梯，俾（音 bǐ，使的意思）诵读楼上者五年，因自号铁崖。"

　　《明史》详细记载了杨维桢的读书故事及其成就。杨维桢从小就喜欢读书，每天能记诵数千字的文章。他家附近有一座山，名叫铁崖山，山高数十丈，因有崖石峻立如铁，而得名。父亲杨宏为了让儿子杨维桢有一个专心读书、无人打扰的安静环境，就在铁崖山上修筑一楼，在楼的四周种植了几百棵梅树，楼

中藏书万卷。楼房修好之后，他的父亲便将楼梯拿走，让杨维桢在楼上安心读书，就这样坚持了5年之久。杨维桢因在此读书，所以自号为"铁崖"。

后来杨维桢考中进士，出仕为官，仍然坚持读书治学。朝廷编修辽、金、宋三史时，杨维桢著《正统辩》千余字，三史总裁欧阳元功读后赞叹说，百年之后，公论定在其中，并推荐他参与三史的编修，但未被采纳，转任建德路推官，后提任为江西儒学提举。元末明初，杨维桢避乱居于富春山，后迁居钱塘、苏州、松江等地，不再出仕，隐居创作。

杨维桢的创作以诗歌为主，以古乐府见称于世，受到世人称赞，认为他的诗古朴雄浑，有的诗反映了民生疾苦和世态炎凉。他写的一些散文和笔记有朴雅之风，因而得以流传。杨维桢在书法方面自成一体，他善行草书，笔法遒劲清爽，体势矫捷横发，富有个性。杨维桢著有《铁崖古乐府》10卷，《复古诗集》6卷，《东维子文集》30卷、附录1卷，这些著作体现了他在文学、书法方面深厚的造诣和读书治学的成就。

在古代，像杨维桢居崖读书这样的故事可能不多，或者是一种偶然，毕竟许多家庭没有条件，不能像杨维桢的父亲那样，去山崖上建造一座读书楼。但偶然之中，也有必然。这个故事的核心要义在于激励人们静心读书、安心读书、刻苦读书。心不专，则一事无成。现在有些书友经常提出，想读书而没有一个安静的环境，所以影响了自己读书的效果。读书的环境固然重要，但读书的心境更为重要。明代文学家陈继儒讲道："闭门即是深山，读书随处净土。"我们如果关起门来，使自己的心灵不受尘世的干扰，就如住在深山之中一样。好好读书，使自己心灵纯洁，世间处处就像净土一般。这里强调的是，只要安放好自己的心，静下自己的心，哪个地方都可以用来读书。如果心不静，即使去了深山，寻到净土，又怎能读好书呢？

燃火复诵
的故事

吴澄

　　燃火复诵讲的是吴澄的读书故事。吴澄（Chéng）是元代哲学家，字幼清，抚州崇仁（今江西崇仁）人。起初，吴澄所居住的地方有数间草房，有学者将其题名为"草庐"，所以许多学者称吴澄为"草庐先生"。

　　燃火复诵是讲吴澄小时候待母亲睡觉后，又点燃油灯继续读书，可见他勤奋读书的精神。燃火复诵中的"诵"，即背诵、朗诵，引申为阅读、读书。在古代，读即诵书也。

　　这个故事出自《元史·卷一百七十一·列传第五十八·吴澄》："五岁，日受千余言，夜读书至旦，母忧其过勤，节膏（灯油）火，不多与，澄候母寝，燃火复诵习。"

　　根据《元史》记载，吴澄出生前的一天傍晚，就有祥瑞之气。乡里的父老看见有一股奇异之气降到

他家，邻居家的老妇也梦到一个动物蜿蜒盘旋降到他家旁边的池塘中。第二天早晨，当乡里的人们正在传说这件事时，吴澄就出生了。吴澄3岁时，教给他古诗，随口就能背诵。5岁时，他每天就能学习1000多字的文章，他总是从夜里一直读到第二天早上。他的母亲担心他读书过于勤奋劳累，就减少读书照明用的灯油，不多给他。但是，吴澄等到母亲就寝后，又想办法燃灯读书，即燃火复诵。9岁时，吴澄与其他子弟参加乡校考试，常常名列前茅。他长大成人以后，对于《经》《传》等典籍都很精通，特别知道在圣贤之学上用力。

元朝初期战乱，吴澄避居于布水谷，在那里写成《孝经章句》，并校订了《易经》《尚书》《诗经》《春秋》《仪礼》及《大戴礼记》《小戴礼记》。后来，朝廷派人到江南访求贤才，吴澄被荐选至京城，先后任江西儒学副提举、国子司业、翰林学士、国史院编修、太中大夫等。他曾主持修纂《英宗实录》，著有《学基》《学统》二篇，使学者明了做学问之根本和求学的顺次。他还校订了《皇极经世书》，又校订了《老子》《庄子》《太玄经》《乐律》等。吴澄还著有《五经纂言》，有《草庐吴文正公全集》传世。在哲学方面，吴澄认为，"太极"是万物的本源，"太极"本身无形无象、无增无减，由它衍生出天地万物。

在古代阅读史上，类似吴澄燃火复诵的故事，流传不少。比如，南朝史学家、文学家、政治家沈约减油灭灯的读书故事等，其共同之处都是形容和赞美古人勤奋刻苦的读书精神。而吴澄的读书故事，尚有独特之处，就是他一生矢志不渝，坚持阅读经典、研究经典，在圣贤之学上用力，最终学有大成。

许衡问读
的故事

许衡

　　许衡问读讲的是许衡的读书故事。许衡是元代哲学家，字仲平，河内（今河南沁阳）人。

　　许衡问读是指许衡小时候入学时，问老师读书是为了什么。许衡问读体现了他从小对读书的思考和志向。这个故事出自《元史·卷一百五十八·列传第四十五·许衡》："幼有异质，七岁入学，授章句，问其师曰：'读书何为？'师曰：'取科第耳！'曰：'如斯而已乎？'师大奇之。"

　　《元史》详细记载了许衡问读的故事与读书治学的成就。许衡家世代为农，到他父亲这一代因战乱避居河南，唯有许衡聪慧好学，幼小时就有与众不同的气质。他 7 岁入学时，就问他的老师："读书是为了什么？"老师回答说："为了科举及第！"许衡说："仅仅是为了科举及第吗？"老师听了他的问题，大为惊讶。以后老师每次上课讲书，许衡都要问个究

竟，都要问一问老师书中的要义是什么。时间长了，老师对他的父母说："这个孩子聪明不凡，将来有一天肯定能远远超出常人，我不适合当他的老师了。"于是，老师便告辞而去，许衡的父母极力挽留老师，也未能留住。此后，像这样共换了三任老师。许衡长大之后，读书更是如饥似渴，可是他家里贫穷，没有藏书，他就四处找书来看，曾在别人家中看到一部解释《书经》的书，便抄回来细读。

在战乱时期，许衡仍然坚持白天诵读，晚上思考，身体力行，举止言谈一定要揣度书中的大义然后才实行。他曾经在酷暑天路过河阳，口渴得很厉害，道旁边有棵梨树，大家都争着摘梨吃，唯独许衡在树下正身独坐，神情自若。有人问他为什么不摘梨吃，他回答说："不是自己家的梨就拿来吃，是不可以的。"别人说："世道混乱，这棵树是无主的。"许衡回答："梨树无主，我的内心难道也没有主人吗？"可见，许衡很重视自身的道德修养，读书修身，力求做到知行合一。因为家境贫穷，许衡必须亲自下田耕作，谷物熟了就吃谷物，谷物不熟就吃糠咽菜，处之泰然自若，仍然读书不辍，其朗读诗书的声音传到屋子外就如金石之声。如果家里财产有余，许衡就分给同族人以及贫困的学生。

许衡出仕为官，历任京兆提学、太子太保、国子祭酒等。他倡导儒学，行"汉法"，间接保护了中原文化，促进了民族融合。在哲学方面，许衡认为世界本源是"独立"存在的"道"。"道"生"太极"，由此演化为天地万物。在道德修养方面，主张"反身而诚"，强调自省自思，做到尽心、知性、知天。许衡博学多闻，参与制订《授时历》，参照旧有历法，剔除其中错误，使历法更为精准。他一生著述很多，著有《中庸直解》《大学直解》《读易私言》《语录》等，有《许文正公遗书》传世。

许衡问读的故事，给我们许多思考。其中，最基本的问题是："读书何为？"即读书到底是为了什么？从许衡的读书故事中，我们看到了他对读书意义的认识。在他看来，读书不只是为了科举及第，还有对个人道德修养的追求，也有对未来人生的追求。对广大读者而言，因个人的境遇不同、取向各异，读书的目的自然千差万别，这是阅读的常态。所以，"读书何为"没有唯一的答案，这永远是一道自选题。每一个读者都将从这一道自选题中，答出阅读的意义，绘就人生的精彩，丰富阅读的快乐。

读书五失
的故事

袁桷

　　读书五失是指袁桷回忆少年时代读书有五个方面的过失，以期引起读书人的重视。袁桷（Jué）是元代学者、文学家，曾经担任书院山长、翰林国史院检阅官兼国史院编修官、翰林侍讲学士。字伯长，庆元鄞（Yín）县（今浙江宁波鄞州区）人。谥号文清，人们又称他为袁文清。

　　据《元史·卷一百七十二·列传第五十九·袁桷》记载，袁桷为童子时，就很聪慧，远近闻名。成人后，因为他很有学识，才能突出，被举荐为丽泽书院山长。他担任编修官时，请求朝廷购买辽、金、宋三代遗书，以作日后编三史的史料。袁桷很有文才，朝廷制册、勋臣碑铭，多出其手。他勤奋读书，学有成效，著有《易说》《春秋说》《清容居士集》等。

　　读书五失的故事出自清代诗人阮葵生所著《茶余客话·卷十·读书五失》。书中记载，袁桷曾经

谈道:"予少时读书有五失:泛观而无所择,其失博
而寡要;好古人言行,意常退缩不敢望,其失懦而无
立;纂录故实,一未终而屡更端,其失劳而无功;闻
人之长,将疾趋而从之,辄出其后,其失欲速而好

高；喜学为文，未能蓄其本，其失又甚焉者也。"

在这里，袁桷谈到了读书五个方面的过失：一是广泛地浏览但没有什么选择，这样的过失在于博览却少有重点；二是过分崇拜古人的言行，总是觉得自己无法达到古人的高度，导致心态退缩，缺乏独立见解；三是编撰记载过往事件，常常一件事情还没做完就转向其他事情，导致劳而无功，效率低下；四是听到别人的优点，就急于模仿和追赶，却往往落在他的后面，这样的过失在于欲速则不达，好高而骛远；五是喜欢学习写作，却没有积累学问的基础，这样的过失就更严重了。"

袁桷读书已经很有成效，成为一代名家。但是，他为学谦逊，经常反思自己的不足。他所归纳总结的读书五失，具有普遍性，对我们当下读书，仍然有借鉴意义。我们从读书五失中看到，读书要有所选择，明确方向，突出重点，做到意志坚定，勤奋苦读，学行结合，善始善终，虚心学习，脚踏实地，打好基础，这些都是使读书取得成效的基本要义，至今也没有过时。今天的读书人，要努力将袁桷的读书五失，尽可能变为我们的读书五得，使读书取得更大的成效。

昼夜讽诵的故事

齐履谦

昼夜讽诵讲的是齐履谦的读书故事。齐履谦是元代学者、科学家，大名（今河北大名）人。

昼夜讽诵是指齐履谦白天和晚上都坚持不懈读书，反映了他刻苦勤学的精神。讽诵，即背诵、诵读，引申为读书。这个故事出自《元史·卷一百七十二·列传第五十九·齐履谦》："因昼夜讽诵，深究自得，故其学博洽精通。"

《元史》记载，齐履谦的父亲精通数学，对天文历法也有研究。齐履谦自小受父亲影响，对数学和历法很有兴趣。他的家庭教育，对他一生的学术成就影响很大。他6岁跟随父亲来到京师，7岁开始入学读书。他自幼勤苦好学，博览群书，过目不忘。11岁时，父亲教他推步星历，他颇有兴趣，深得其法。13岁时，他开始阅读圣贤之书，以格物穷理为终生学业。尤其是在他后来做星历生时，秘书监将宋朝留

下来的许多典籍史书存放于太史院，齐履谦如获至宝，十分珍惜这难得的机会，抓紧一切时间，昼夜读书不辍，深入思考研究，勤奋刻苦用功。他自六经、诸史、天文、地理、礼乐，到阴阳五行、医药等书都加以研习，且多有成果。他对典籍融会贯通，尤其精通经籍，故学识渊博。其著作有《大学四传小注》1卷、《中庸章句续解》1卷、《论语言仁通旨》2卷、《书传详说》1卷、《易系辞旨略》2卷、《易本说》4卷、《春秋诸国统记》6卷、《经世书入式》1卷等。在历法方面，齐履谦也有研究成果。当时，《授时历》应用了50年，未曾作进一步检验、修订。齐履谦每天观测日影和早晚五星宿度，经过自己的观察和研究，加以校正，并著《二至晷景考》2卷及《经串演撰八法》1卷。

齐履谦昼夜讽诵的读书故事，向我们展现了古代读书人的勤奋刻苦精神。历史上类似的故事也流传不少，如北宋哲学家邵雍夜不就席的故事等。而齐履谦昼夜讽诵的读书故事，也有其独特之处，这就是他一生保持了良好的读书习惯，坚持在阅读经典的同时，做到博专结合，融会贯通，因而在多领域、多方面都取得了成就，作出了贡献，这些都值得我们借鉴。

借书苦学
的故事

宋濂

　　借书苦学，讲的是宋濂的读书故事。宋濂是明初大臣、学者、散文家，被誉为明代"开国文臣之首"。宋濂幼时苦学读书的故事流传久远，人们赞誉宋濂的苦读精神，又将其读书故事称为宋濂苦学。

　　借书苦学的故事出自宋濂的《送东阳马生序》一文（见《宋学士文集》）。这是宋濂为他的同乡后学马君则写的一篇赠序，文中有一段谈道："余幼时即嗜学，家贫，无从致书以观，每假借于藏书之家，手自笔录，计日以还。天大寒，砚冰坚，手指不可屈伸，弗之怠。录毕，走送之，不敢稍逾约。以是人多以书假余，余因得遍观群书。"

　　宋濂的《送东阳马生序》比较全面地介绍了宋濂自己读书的经历和苦学的艰辛故事。宋濂年幼时特别爱学习，因为家中贫穷，无法买书看，就经常向有藏书的人家借书。借来之后，亲手抄录原书，按照约

定好的日期送还。天气特别寒冷时，砚池中的墨水都
冻成了坚冰，手指不能屈伸，仍不放松抄书。抄写完
后，赶快送还人家，一点也不敢超过约定的期限。因
为他信守诺言，人们大多愿意将书借给他，由此宋濂

得以博览群书。在宋濂成年之后，他更加仰慕圣贤的学说，又苦于不能与学识渊博的老师和名人交往，曾经走到百里之外，手拿着经书向同乡前辈虚心求教，提出疑难，询问道理，最终得到不少教益。

后来，宋濂不断拜师求教，背着书箱，穿着破旧的鞋子，行走在深山大谷之中。严冬寒风凛冽，大雪深达几尺，脚上的皮肤冻裂了都没有感觉。走到客舍后，四肢僵硬不能动弹，只能用热水浸泡，用被子围盖在身上，过了很久才暖和过来。住在客舍，他每天吃两顿粗茶淡饭，而一同住在客舍求学的人，有的却穿着华丽的衣服，戴着有红色帽带、饰有珍宝的帽子，腰间挂着白玉环，左边佩戴着刀，右边备有香囊，光彩照人，如同神仙一样。宋濂穿着旧棉袍、破衣服，与那些人相处，毫无羡慕的意思。因为他心中有读书求学这样足以使自己高兴的事，就不觉得吃的穿的不如人家了。

据《明史·宋濂传》记载，宋濂刻苦学习，自少至老，未尝一日离书，终于学有所成，于学无所不通。他曾为明朝开国皇帝朱元璋讲《尚书》《左传》，参与制定明朝初期的许多礼乐典章制度。他奉诏修《元史》，与王祎同为总裁。元朝灭亡的当年，朱元璋就下令修《元史》，仅用188天便修成了除元顺帝一朝以外的本纪、志、表、列传，共159卷。此后，仍然以宋濂、王祎为总裁，补上了其他各卷，共计210卷，比较系统地记载了元朝兴亡的过程和社会、经济、文化发展状况，留下了珍贵的历史资料。宋濂在文学方面造诣很深，写有许多小品和散文，佳作不少，尤以传记小品和记叙性散文最为出色。宋濂的文名远播海外，当时日本等国的使节曾以重金收购其文集。可见，人们称宋濂为"开国文臣之首"，此乃名副其实。

从借书苦学的故事中，我们能得到什么样的启示呢？宋濂在《送东阳马生序》一文中，谈到了他自己的感慨，对我们今天的读者或许有所启迪。他认为，与他昔日的艰难学习条件相比，如今的学生们坐在大厦之下而有书可读，不必借书抄录，既无衣食之忧，也无冻馁之患，更无奔走之劳。他们之中倘若还出现业有不精、德有不成者，如果不是天赋资质不够，就是用心不专一，这难道是他人的过错吗？

龙场悟道的故事

王阳明

　　龙场悟道讲的是王阳明的读书故事。对读书人而言，王阳明所悟之道，既是学问之道，也是读书之道。王阳明，本名王守仁，明代哲学家，心学的集大成者。字伯安，号阳明，世称阳明先生，浙江余姚人。龙场悟道是指王阳明在龙场（今贵州贵阳修文）这个地方经历的一次人生思想和学术方面的顿悟。王阳明悟到了什么呢？

　　龙场悟道出自《明史·卷一百九十五·列传第八十三·王守仁》："谪龙场，穷荒无书，日绎旧闻。忽悟格物致知，当自求诸心，不当求诸事物，喟然曰：'道在是矣。'"这里讲到，王阳明刚刚被贬谪到龙场的时候，由于初来穷荒之地，一时无书可读，便每天梳理、探究以前所学的东西，忽然悟到，格物致知之学，应该从内心而不是从外物去寻求，自己叹息说："道就在这里。"

　　《王阳明年谱》更为详细地记载了龙场悟道的经历和悟道成果。王阳明因反对宦官刘瑾，受到廷杖的严重处罚，被解除官职，贬谪至贵州龙场驿。龙场驿在贵州西北方向的万山丛林荆棘之中，当时那个地方毒蛇瘟疫流行，毒气瘴气弥漫。王阳明觉得自己对得失荣辱已经能够超然物外了，唯有生死一念尚在。因此想："圣人如果遭遇了我同样的境遇，圣人之道是什么呢？"忽然有一天半夜，王阳明完全明白了格物致知的主旨，他不知不觉地跳跃欢呼起来，跟随他在一起的人都很吃惊。王阳明这时明白了："圣人之道，吾性自足，向之求理于事物者误也。"即圣人之道，就存在于自己的本性之中，过去向外物去求理是错误的。对王阳明来说，龙场悟道意义非凡。他终于明白了道不再是外在于人性或外在于人心的客观存在，而是内在于人心的自足圆满的存在。以前认为理是客观外在的，可以通过向外物穷理的方式来认识，这样看来是错误的。实际上，"圣人之道，吾性自足"与王阳明后来提出的"心即是理"的观点本质上是一致的。

　　据《明史》等史料的记载，王阳明的一生颇有传奇色彩。在他出生之前，他的祖母梦见神仙从云彩中间送婴儿下来，所以给孙子取名叫云。他5岁还不会说话，一个有道术的人抚摸了他，将其改名守仁，他

才会说话。15岁时，曾到居庸关、山海关游历，并走出边塞，纵览山川地形，开阔眼界，增长见识。18岁时拜访上饶人娄谅，和他讨论朱熹格物之学的要义，使他很受启发。回家以后，每天正身而坐，研读五经，不轻易和人说笑。从九华山游历归来，在阳明洞中广泛阅读道教、佛教两家的学说。21岁中乡试，读遍朱熹著作。28岁中进士，后出仕为官。在学术思想发展方面，王阳明经历了"三变"，即泛滥于辞章，出入于佛老（佛教与道教），回归于圣人之道。王阳明一生勤奋读书，在学术思想方面造诣精深，对后世影响深远。在哲学思想上，王阳明强调心即是理，完成了一个心学体系的构建，提出"心外无物，心外无理"的命题，认为身的主宰便是心，心的本体便是理。他提出的"良知说"认为，人心的灵明就是良知，人人皆有良知，人人都可以成为圣人，这一观点打破了圣人与凡人的界限。他提出"知行合一"的学说，认为"知是行的主意，行是知的功夫"；"知是行之始，行是知之成"，即知与行是一个功夫的两面，知中有行，行中有知，不能分离，没有先后。这一观点，强调道德的自觉性与实践性的统一，要求人们做到言行一致，表里如一。这些思想和学术观点集中体现在《传习录》一书之中。

王阳明的龙场悟道，是多年读书治学、厚积薄发的成果，悟出的是"圣人之道，吾性自足"，"格物致知，当自求诸心，不当求诸事物"。强调道就存在于自己的本性之中，人心自足圆满。格物致知之学，应该从内心而不是从外物去寻求。这些思想和学术观点有一定的合理性，既是学问之道，也是读书之道，对于我们读书为学，具有重要启示：读书之道在于人们自我的悟性，读书的动力来源于人们的自我意识与追求，读书的成效也主要来自人们的思考和悟性。王阳明提出的"致良知"与"知行合一"观，对我们明确读书学习的目的，加强道德修养，检验读书的成效，都有借鉴意义。

唐汝询

瞽者勤学的故事

　　瞽者勤学讲的是唐汝询的读书故事。唐汝询是明代学者、诗人、唐诗选家，字仲言，华亭（今上海松江）人。瞽，音 gǔ，即盲人。孔子《论语·子罕篇第九》中有"子见齐衰者、冕衣裳者与瞽者"，其中"瞽者"即指盲人。

　　瞽者勤学的读书故事，许多文献典籍中都有记载，如吴肃公撰、陆林校点《明语林·卷三·文学·三七》："瞽者唐汝询，五岁时从父兄耳学，无不暗记。笺注唐诗，旁引该博。"永瑢等撰《四库全书总目·卷一百九十三·集部四十六·唐诗解》等都有介绍。而张宏生、于景祥著《中国历代唐诗书目提要·明人编选唐诗书目提要·〈唐诗解〉》一书，对唐汝询的读书及人生经历和成就作了较为详细的介绍。

　　唐汝询出生后 5 岁就双目失明，成为盲人。他未

盲之前，是一个非常聪慧的孩子，婴儿时便能识字，诵读《孝经》。5岁目盲之后，跟随父亲和兄长耳学。父兄将其抱在膝盖上，授以《诗经》和唐诗，他都能流利地朗诵，听到的诗文讲解就暗自记在心里。待成年之后，他自己不能看书，便请兄弟辈取六经子史以及稗官野史，念给他听。对他而言，听书便是读书，对书中的始末原委、编排次序、优劣长短，做到了如指掌、详细考核。他善于写文，尤工于作诗。海内人士，都登门拜访求教。他谦虚好学，与人商榷古今之学，听的人有时都忘记了疲劳。讨论学问时，他的弟子从旁抄录，如果有差错，他都能及时察觉。他旁通经史，能写各种体裁的诗词，所著《唐诗解》，共50卷，溯流从源，为其笺注，是一部具有较高学术价值的唐诗总汇。唐汝询虽为盲人，但是著述很多，除《唐诗解》之外，还有《唐诗十集》《编蓬集》《姑蔑集》等。

从瞽者勤学的故事中看到，唐汝询确实是一个了不起的人。他从小失明，通过口授耳学，博览群书，贯通古今，与常人相比，他要克服更多的困难，花费更多的心血。他能做到这样，已经是出类拔萃了。但他不满足自己取得的成功，还做到了学有所用，严谨治学，著书立说。他在诗词研究方面卓有建树，特别是在唐诗的研究和选编方面作出了独特的贡献，这实为亘古稀有。西汉经学家、文学家刘向曾经在《说苑》中，收录了晋平公与师旷的一段对话，谈及读书无迟暮。《说苑》中提到的师旷，就是春秋时代的盲人乐师。师旷在与晋平公的对话中提出："少而好学，如日出之阳；壮而好学，如日中之光；老而好学，如炳烛之明。"师旷身为盲人乐师，为人豁达，提倡学无迟暮，终身学习，对后人是一种激励。今天，我们又看到瞽者勤学的故事，更是一种鼓舞和鞭策。唐汝询一心读书，久久为功，这种勇于吃苦、勤于读书、严于治学的精神，值得我们每一个读书人学习和传承。

良俊笃学
的故事

何良俊

　　良俊笃学讲的是何良俊的读书故事。何良俊是明代文学家、藏书家，字元朗，号柘湖，松江华亭（今上海）人。

　　良俊笃学是指何良俊专心好学，坚持20年不下楼，体现了他勤奋刻苦的读书精神。笃学，即专心好学，笃学不倦。这个故事出自《明史·卷二百八十七·列传第一百七十五·何良俊》："良俊，字元朗。少笃学，二十年不下楼，与弟良傅并负俊才。"

　　《明史》与何良俊撰《四友斋丛说·初刻本自序》，都记载了何良俊笃志好学的读书故事。何良俊年少时专心学习，在20年时间里不下楼，闭门自学，刻苦读书。他与弟弟何良傅一同被人称为俊才。何良俊以岁贡生入国学，授南京翰林院孔目即掌管文书事务的官员。

　　后来，何良俊仕途失意，辞官归隐。他由此感

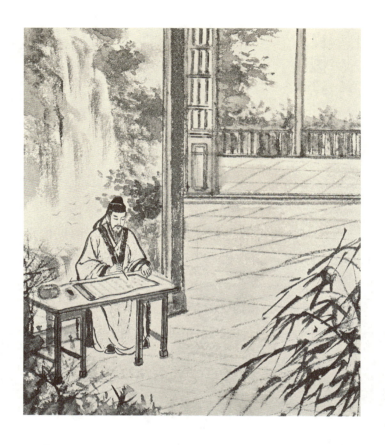

叹道："吾有清森阁在海上，藏书四万卷，名画百签，古法帖彝鼎数十种，弃此不居，而仆仆牛马走乎！"他认为，自己家在海上建有一座藏书四万卷的清森阁，还有古代著名的书法作品和祭祀礼器，放弃那么好的地方不住，非要过着如牛马一样奔走忙碌的生活吗？何良俊回到故居后，专心著述。他自称与庄周、维摩诘、白居易为友，将自己的书房命名为"四友斋"。何良俊从小喜欢藏书，遇上特别好的书，必定要花大价钱买下来，他节衣缩食省下钱来作为购买书籍的费用，即使挨饿受冻也顾不得。每次出去时，他胳膊下必定要夹着一卷书。上厕所时，手里也必定拿着一本书看。家里所藏的 4 万卷书，他基本上都看了一遍，从书中去寻求治国安邦的策略，研究社会问题的成因和趋势。每当遇到疑难，就看看是否与古代圣王之义相符合。否则，就夜以继日，不停地思考。他读书治学，成果丰硕，著有《柘湖集》《何氏语林》《四友斋丛说》等。其中，《四友斋丛说》38 卷，是何良俊撰写的笔记，是明代综合性笔记中具有较高价值的作品。该书分为经、史、杂记、子、释道、文、诗、词曲、书、画等 17 类，兼收并蓄，包含了许多明代史料、地方掌故和考证批评，阐述了作者的文艺理论和观点，对研究史学、文艺很有参考意义。

我们从良俊笃学的读书故事中看到，何良俊坚持 20 年不下楼，刻苦读书，专心学习，这在诸多读书故事中较为罕见。可以说，何良俊在笃学不倦方面做到了极致。虽然今天的读者很难像他那样做到 20 年不下楼，但是我们可以学习他那种立志读书的精神、专心致志的境界。正如朱熹所说："读书之法无他，惟是笃志虚心，反复详玩，为有功耳。"

杨士奇

卖鸡市书的故事

卖鸡市书讲的是杨士奇的读书故事。杨士奇是明代大臣、学者。名寓，字士奇，号东里，江西泰和人。

卖鸡市书是指杨士奇小时候无钱买书，他的母亲把自己养的母鸡卖了才买到他十分想要看的书，反映了他好学读书的执着精神。此处，"市"为动词，买或卖的意思。这个故事出自明代思想家、哲学家黄宗羲所著《南雷诗文集·记类·天一阁藏书记》："杨东里（杨士奇，号东里）少时贫不能致书，欲得《史略》《释文》《十书直音》，市直不过百钱，无以应，母夫人以所畜牝鸡（母鸡）易之。东里特识此事于书后，此诚好之矣。"黄宗羲在这里讲的是杨士奇年轻时贫穷买不起书，但又特别想得到《史略》《释文》《十书直音》等书，市价不过一百钱，却没有能力买。他的母亲见他读书如此心切，便把自己家养的

母鸡卖了才买到这些书，杨士奇特地把这件事记在书后，这可算得上是真正爱好书的人了。

《明史·卷一百四十八·列传三十六》也记载了杨士奇的读书故事与人生经历。他早年丧父，随母亲改嫁罗氏，家境贫寒。他爱好读书，致力于学问，靠教学生来养活自己。后来，朝廷召集儒生修撰《太祖实录》，杨士奇因有史学才能，经人推荐参与编修，被召入翰林院，担任编纂官。杨士奇先后历经五朝，任内阁辅臣 40 余年，晋升为礼部侍郎兼华盖殿大学士，历少保、少傅、少师，兼兵部尚书。为政期间，杨士奇曾经提出减免赋税、清理冤案、慎用刑狱、安抚流民、严守边防等主张，得到朝野肯定。在文学方面，杨士奇所创作的散文和诗歌有"台阁体"之称，以他为代表的文人群体是明代永乐至成化年间的文学流派，在当时有一定影响。杨士奇学有所成，他先后担任《明太宗实录》《明仁宗实录》《明宣宗实录》总裁。编著有《三朝圣谕录》《奏对录》《历代名臣奏议》《文渊阁书目》《东里文集》等。

　　从杨士奇卖鸡市书的故事中，我们看到了他读书好学的执着精神。读书与执着有着天然的联系。在读书的征途上，我们会面临许多来自各方面的困难。能否克服这些困难，与我们读书的意志和毅力有着很大的关系。这种读书的意志和毅力常常表现为读书好学的执着精神。这种精神就是嗜书如命、勤学不辍的精神。没有这种精神，读书往往半途而废。读书务必执着，执着成就读书。

张溥嗜学
的故事

张溥

　　张溥嗜学讲的是张溥的读书故事。张溥（Pǔ）是明代文学家、明末改良派文人团体复社的创始人。字天如，太仓（今江苏）人。

　　张溥嗜学是指张溥从小就爱好学习。这个故事出自《明史·卷二百八十八·列传一百七十六·张溥》："溥幼嗜学。所读书必手钞（本义同抄），钞已朗诵一过，即焚之，又钞，如是者六七始已。右手握管处，指掌成茧。冬日手皲（jūn，皮肤因受冻或干燥而裂开），日沃汤数次。后名读书之斋曰'七录'，以此也。"

　　张溥从小就爱好学习，勤奋读书。凡是所读的书必用手抄写，抄完之后吟诵一遍就烧掉，如此反复六七次才停止。他右手握笔的地方，指掌上都长了老茧。冬天手指冻裂，每天要在热水里泡好几次。后来他把自己的读书室命名为"七录斋"。

　　《明史》《明史文苑传笺证》等典籍还记载了张溥的读书人生与治学成就。张溥的母亲出身低微，为家中妾女。张溥幼年时常受人歧视，但这并未妨碍他发奋图强。他儿时特别聪明，像成年人那样好学，每天读书数千字。他成人之后，读书更加刻苦，有时边读书边做笔记，家中墙壁和篱笆都贴满了做笔记的纸片。等到夏天炎热酷暑之时，他就找来一口盛凉水的大瓮，将两脚放到里面降温，坚持读书不辍，即使有人讥笑他迂腐，他也充耳不闻。由于无钱买书，他就想办法借书抄录。他如此勤奋苦读，终于考中了进士，改授庶吉士。后来因为要埋葬父亲告假回乡，在家不分寒暑，读遍群书，日夜注解经书。因他学问高深，四方慕名而来的人络绎不绝。他与同郡的名士结为文人团体，叫作复社，以复兴古学为宗旨，进行文学与社会活动。

　　张溥在文学方面主张复古，反对当时有的文人逃避现实，只写湖光山色、细闻琐事的做法。同时，他又主张"务为有用"。他的散文风格质朴，富有激情，直抒胸臆，在当时很有名气。他的散文《五人墓碑记》，痛斥阉党，赞赏普通百姓的斗争精神，强调"匹夫之有重于社稷"，普通百姓能对国家作出重大贡献。这篇散文被收入《古文观止》，流传至今，成为被人们传诵的名篇。张溥一生读书治学，成果丰硕。著有《七录斋集》《春秋三书》《历代史论二编》《诗经注疏大全合集》等。编辑有《汉魏六朝百三家集》，是研究汉魏六朝文学的重要参考书籍。

　　在中国古代读书故事中，张溥嗜学的读书故事，确有其独特性。虽然勤学苦读是古代先贤的共同特征，但张溥这种对所读之书都反复抄录七遍，每抄写一遍都要吟诵一次，不达背诵记住目的不罢休的硬功夫、"笨功夫"，较为罕见，他的身上体现了读书人的一种坚韧不拔的精神。尽管有人讥笑他迂腐，他依然心有定力，意志坚定，不为所动。正因为有这种精神、有这样的定力，所以才取得了后来的学术成就。从张溥的这个读书故事中，我们还受到一种启发——"抄书"也是读书方法。抄书相比看书，做到了眼到、手到，更便于记忆和理解。

船山治学
的故事

王夫之

　　船山治学讲的是王夫之的读书故事。王夫之是明末清初启蒙学者、哲学家。字而农，晚年隐居湖南衡阳的石船山，自称船山老人、船山遗老，学者称他为"船山先生"。湖南衡阳人。

　　船山治学是指王夫之晚年退隐石船山，专心读书治学、著书立说的读书故事。这个故事出自《清史稿·卷四百八十·列传二百六十七·儒林一·王夫之》："归衡阳之石船山，筑土室曰观生居，晨夕杜门，学者称船山先生。"这里说的是王夫之在明朝灭亡后，回到湖南衡阳的石船山，筑了一间土房子，名为"观生居"，从此早晚闭门不出，一心读书治学，学者们称他为"船山先生"。

　　据《清史稿》、《船山先生传》（潘宗洛撰）等文献记载，王夫之生活于明末清初社会动荡之际，个人和家庭都遭遇了重大变故和磨难，他的父亲、叔父、兄长等几位亲人都在逃难中相继遇难，他自己也险遭残害，隐伏在湘南一带，寄居在荒山破庙之中，度过了数年苦难的流亡生活，最后隐居到石船山。王夫之为什么选择石船山作为隐居之地呢？是不是这里环境特别优美、景色特别宜人呢？从王夫之所写的《船山记》一文看，这座山的环境和景色并非如此。山崖边有一块石头，形状像船，是一块顽石，此山因而得名石船山。山冈上没有树木，沟溪中常常干涸。良禽飞过而不栖息，野兽与人并行而不忌惮。种地的农民即使看到田垄坍塌，也不去修整，村民遵从超越百世的习俗，而不知道琴书之名。尽管环境如此荒僻，条件如此简陋，王夫之还是选择在这里隐居，经历了寒来暑往 17 年，并在此终老。王夫之认为，古代的追求不能推及现在，众人的欲望不能适应独处。而他就是抱着独处的心情，选择在这里居住的。王夫之自比船山顽石，"船山者即吾山也"，表达他在明朝灭亡之后不愿与清朝合作，也不愿前往其他地方居住的志气。《船山记》一文，不仅反映了他选择隐居于此的初衷，而且也表现了他的傲然风骨与民族气节。

　　王夫之从小受到良好的家庭教育和传统文化的熏陶，人们称赞他颖悟过人，读书一目十行，一字不漏。4 岁时入家塾，7 岁时通读十三经，后又学诗文。青年时代，他就关心时局，有匡时救国之志，24

岁考中举人。王夫之一生勤学，刻苦读书，学识渊博，从经学、子学、史学、文学、政法、伦理，到天文、历数、医理、兵法、星象等，都有很深的造诣。王夫之晚年隐居石船山之后，笃学深思，发奋著述，写了大量著作。王夫之著作存世的有 73 种、401 卷，散失的有 20 余种。主要著作有：《周易外传》《周易内传》《张子正蒙注》《尚书引义》《读四书大全说》《老子衍》《庄子通》《思问录》《黄书》《春秋世论》《读通鉴论》《宋论》《诗广传》等。他的著作已被汇编成《船山遗书》出版。

王夫之的学术思想博大精深。他别开生面地注释经学，借以发挥自己的思想。在哲学方面，他持唯物主义的观点，富有辩证法思想。他认为"气"是永恒不灭的实体，宇宙之中除了"气"，更无他物。在理气关系上，主张理依于气的气本论，强调"天地之化日新"，把荣枯代谢、推移吐纳看作是宇宙的根本法则。在伦理观上，他认为人性是变化发展的，倡导理欲统一的道德观，肯定道德与人们的物质生活有着不可分割的联系，强调"以理导欲""以义制利"。在文学方面，他强调文学的社会作用及其现实性，认为创作必须以作者生活经历为基础，诗歌必须重情重意、情景交融，所谓"含情而能达、会景而生心、体物而得神"。王夫之的思想观念和学术思想对后世影响深远，在早期思想启蒙方面发挥了重要作用。

　　孟子说："故天将降大任于是人也，必先苦其心志，劳其筋骨，饿其体肤，空乏其身，行拂乱其所为，所以动心忍性，曾益其所不能。"从船山治学的读书故事看到，王夫之一生经历了许多曲折和磨难，但他在苦难和挫折面前，意志坚定，奋发向上，把磨难转化为激励自己前行的动力。他读书的初心不改，治学的精神不忘，为人的风骨不变，在诸多学科领域都潜心研究，严谨治学，取得了如此丰硕的学术成果，写下了影响后世的不朽之作，令人赞叹不已。他的这种精神值得我们学习。

读万卷书的故事

顾炎武

　　读万卷书讲的是顾炎武的读书故事。顾炎武是明末清初的经学家、思想家，字宁人，学者称他为亭林先生，吴郡昆山（今江苏昆山）人。

　　历史上，人们常用"读万卷书"一词来形容顾炎武博览群书、勤奋学习的精神。《清史稿·卷四百八十一·列传二百六十八·儒林·顾炎武》以及《顾亭林先生年谱》两书，比较翔实地记载了顾炎武广博学习、读万卷书的人生历程。书中谈到，顾炎武出生时就有两个瞳孔，中间是白的，旁边是黑的，读书能做到一目十行。他年少时就开始读经史典籍，9岁读《周易》，10岁读《孙子》《吴子》《左传》《国语》《战国策》《史记》，11岁读《资治通鉴》，14岁读《尚书》《诗经》《春秋》。后来，凡是国家典章制度、府县旧制、天文观测、河工漕运、军事、农桑等类别的书，无所不读，且考查订正利弊。顾炎武精

力过人，从少年到老年，没有一时一刻离开过书本。他每到一个地方，常常用两头骡子和两匹马运载书籍，可见他读书之多，涉猎之广。

更难能可贵的是，顾炎武一方面读万卷书，一方面行万里路，既读有字之书，又读无字之书，追求经世致用，将书本知识与社会实践相互印证，深入探究。他一生去过多地考察，曾在山东长白山下开垦农田，又曾在山西雁门北面、五台山东面放牧，走遍了边关要塞，四次拜谒明孝陵，六次拜谒明思陵，之后在陕西的华阴住下来。他每当经过边境要塞和驻兵之地，就叫来老兵向他们询问当地事情的曲折经过。凡是听到有与史书记载不符的地方，就取出随身带的书籍查对。如果是在平原旷野，就坐在马鞍上默读各种经书的注疏。

顾炎武放弃科举而专务经世致用之学，广读天下之书，成就了他的学术人生。他是一位学识渊博的思想家，其哲学思想倾向于唯物主义，提出"气"一元论的观点，认为宇宙间有形与无形之间的变化都只是"气"的变化而已。他在考据、音韵之学方面造诣很深，影响了清代以后的考据家和史学家。他一生著书立说，主要有《日知录》《求古录》《石经考》《天下郡国利病书》《五经同异》《亭林文集》《明季实录》等。《日知录》是他的代表作，积30余年学术研究之大成，共 32 卷，其内容涉及经义、政事、世风、礼制、科举、艺文、名义、史法、天象、地理、兵事与外交等，对后世影响深远。

　　顾炎武为我们树立了一个读万卷书的典范。他的一生孜孜不倦，博览群书，不是在读书之中，就是在读书的路上。唐代诗人杜甫说："读书破万卷，下笔如有神。"意指书读多了，写起文章来便得心应手，如有神助一般。战国时期的思想家子思也主张"博学之"，提倡广博地学习。但凡知识的积累，写作的功夫、学术的积淀，都需要读书数量的不断积累。在当代，人们要跟上日新月异、知识爆炸的时代，更需要有读万卷书的劲头和毅力。

老而弥笃
的故事

李光地

　　老而弥笃讲的是李光地的读书故事。李光地是清代大臣、理学家。字晋卿，号厚庵，福建安溪人。他在家乡建有"榕村书屋"，晚年号"榕村老人"。

　　老而弥笃，是指李光地随着年龄变老，对读书治学更加深厚专一。其中，"弥"是指更加；"笃"是指忠实，一心一意，如笃学，即专心好学。这个故事出自李光地撰、梅军校笺《周易观象校笺·前言》："李光地仍笔耕不辍，老而弥笃。今所见李光地之撰述，多为其晚年遗著。"

　　据《清史稿·卷二百六十二·列传四十九·李光地》和《周易观象校笺·前言》等书记载，李光地年幼时天资并不好，看上去不是那种很聪明的人。但是，他自小特别好学，刻苦勤奋，18岁开始学习理学，读各种圣贤之书。在康熙九年（1670年）考中进士，选庶吉士，授翰林院编修。李光地在回老家省

亲中，曾向清朝廷献破敌之策有功，提升为内阁学士
兼礼部侍郎，后历任翰林院掌院学士、吏部尚书、文
渊阁大学士等朝廷要职。李光地政绩卓著，清勤谨
慎，辅佐康熙达数十年之久，提出许多施政建议，深
得康熙赏识和信任，对康熙晚年收复台湾等决策有重
要影响。

李光地为政之余，从未放松读书治学。他学问渊博，凡经述、性理、史籍、诸子、天文、历法、算数、音韵、诗文，都有所涉猎。他深入研究程朱理学，是清代著名理学家。同时，他对易学又很有兴趣，为此投入了一生的精力。曾经奉旨编修《朱子全书》《周易折中》《性理精义》。特别是在他晚年，因家人不慎导致住宅着火，他平生所写的许多箱著作都被大火烧毁，此时他已经 64 岁了。他不得不从头开始，重新撰写自己的著作。现存流传下来的著作，如《榕村全集》《榕村语录》《榕村语录续集》等，都是他晚年的遗作。后人评价他老而弥笃，笔耕不辍，正是赞扬他晚年的这种治学读书的精神。

老而弥笃的读书故事告诉我们，读书学习是陪伴人们一生的大事。如果一个人从小时"要我读书"，到长大成人后转变为"我要读书"，再到晚年时仍然做到"读书不辍，老而弥笃"，那么，这个人可以称得上是终身学习的"书痴"了。但愿这样的"书痴"越来越多，书香社会的建设就大有希望。

郑板桥

勤能补拙
的故事

　　勤能补拙的意思是勤奋能够弥补笨拙造成的不足。这个成语流传已久，对人们很有激励作用。就读书而言，郑板桥的读书经历是勤能补拙的典范，他的读书故事揭示了勤能补拙的深刻道理。

　　郑板桥是清代画家、书法家、文学家，扬州八怪之一。原名郑燮（Xiè），字克柔，号板桥，人称板桥先生，江苏兴化人。他出身贫寒，幼年丧母。郑板桥所作《板桥自叙》（见《郑板桥全集》），记述了他的人生经历和读书故事。

　　郑板桥在《板桥自叙》中谈道："人咸谓板桥读书善记，不知非善记，乃善诵耳。板桥每读一书，必千百遍。舟中、马上、被底，或当食忘匕箸（勺子和筷子），或对客不听其语，并自忘其所语，皆记书默诵也。书有弗记者乎？"

　　在这里，郑板桥谈到了自己读书的经历和方法。

人们都说郑板桥读书善于记忆，却不知道他不是善于记忆，而是善于背诵罢了。郑板桥每次读一本书，一定要读千百遍，或是在船上读，或是在马上读，或是在被子里读。有的时候连吃饭时也在读，以至于忘记了拿勺子和筷子。有的时候与客人谈话，甚至没有听到他们的谈话，也忘记了自己说的话，都是在默背书上的内容。这样去读书，哪里还有不被记住的呢？

从郑板桥的自叙中可以看到，他读书靠的是勤奋、多读，别人读一遍，他读几百遍甚至上千遍。除了多读，还要多背诵，利用一切可以利用的时间读书、背书，几乎达到了忘我和痴迷的程度。郑板桥不仅做到勤奋苦读，下笨功夫，而且也注意读书方法。正如他在《自叙》中所言："由浅入深，由卑及高，由迩达远，以赴古人之奥区。"意思是读书注意由浅入深，由低到高，由近到远，以此到达古人学问深奥的地方。

郑板桥读有所成，在文学艺术方面造诣很深。他的诗、书、画，人称"三绝"，尤其擅长画竹、兰、石、松、菊，剪裁构图崇尚简洁，笔情纵逸，随意挥洒，苍劲豪迈。他的诗作同情人民疾苦，寓意深刻，令人深思。如《墨竹图》题诗云："衙斋卧听萧萧竹，疑是民间疾苦声。些小吾曹州县吏，一枝一叶总关情。"

我们从郑板桥勤能补拙的故事中，深切感受到读书要有所成就，别无他法。唯有勤奋，方能补拙；唯有多读，方能记牢。有道是："宝剑锋从磨砺出，梅花香自苦寒来。"

闭门苦读
的故事

万斯同

　　闭门苦读讲的是万斯同的读书故事。万斯同是清代史学家，字季野，号石园，门生称他为贞文先生，浙江鄞（Yín）县（今浙江宁波鄞州区）人。博通诸史，熟谙明朝典籍和掌故，以布衣参与《明史》修纂而受到后人称赞。

　　闭门苦读是指万斯同关起门来刻苦读书的故事。这个故事出自清代学者全祖望所著《万贞文先生传》（见清代钱仪吉编纂、靳斯校点，中华书局出版的《碑传集·卷一百三十一·万贞文先生传》）："少不驯，弗肯帖帖（帖帖，即安静诚服的样子）随诸兄，所过多残灭（即毁坏），诸兄亦忽之。户部思寄之僧舍，已而以其顽，闭之空室中。先生窥视架上有明史料数十册，读之甚喜，数日而毕；又见有经学诸书，皆尽之。"

　　全祖望《万贞文先生传》以及赵尔巽等撰、中华书局出版的《清史稿·列传二百七十一·万斯同传》，记载了万斯同闭门苦读的故事及其读书治学的人生经历。万斯同是明崇祯朝户部主事万泰的第八个儿子。他小时候不听话，不肯顺从各位兄长。他很顽皮，凡所经过之处，物品大多被他毁坏，兄长们也不看重他。他的父亲万泰曾经想过把他寄放在寺院中，不久，因其顽劣，就把他关闭在一间空屋里。万斯同被关起来之后，发现屋内书架上的藏书中有明史资料几十册，他就读起来，越读越喜欢，用不了几天就读完了。他又发现书架上有各种经学书籍，继而又都读完了。等父亲放他出来后，就时常跟着兄长们身后，倾听他们的讨论。有一天，他的长兄万斯年授课讲学，万斯同也要参加。长兄笑着对他说。"你知道什么？"万斯同回答说："我看兄长们所做的事很容易。"长兄突然听到他这样说，感到很吃惊，对他说："既然这样，那么我要考考你。"于是就出了几道经义题目来考他，他一会儿就做完了。他的父亲和长兄对此都非常惊讶，认为险些耽误了万斯同的前程。从此为万斯同置办了新衣、新鞋，送他入私塾读书。万斯同读书一目十行，如同大海决堤。他坚守先辈的训诫，认为无益的书不必读，无益的文章不必作。他既做到博览群书，又善于把握书中的要义。

　　万斯同一生读书治学，对《明史》的编撰作出

了重要的贡献。《明史》是清代官修的记述明代历史的纪传体史书，记载了明朝自建国到灭亡近 300 年的历史，共 332 卷。从开始设立明史馆到该书正式刊行，历时 95 年，为中国历史上纂修时间最长的一部官修史书。先后有张玉书、王鸿绪、张廷玉等人担任该书总裁，最后由张廷玉定稿。参与该书编纂的博学鸿儒有 50 人，其中以万斯同用力最多。万斯同受邀前往北京参与《明史》编纂，他要求"以布衣参史局，不署衔，不受俸"，即以平民身份参与明史编纂，不任官职，不受俸禄。他前后 19 年，写成《明史稿》。后来刊定的《明史》，大半是以万斯同撰写的《明史稿》为基础，增损编纂而成的。由于有万斯同参与整理和考订，该书体例严谨，述事清晰，编排得当，文字简明，资料翔实，具有较高的史料价值和研究价值。

万斯同闭门苦读的故事，与其他读书故事相比，看起来更有一些戏剧性和偶然性。万斯同由于年少顽皮被关在一个书屋，因好奇而读书，因喜欢而苦读。实际上，万斯同闭门苦读，也有其必然性。他的内心实则充满了对知识的追求、对读书的渴望，在他的脑海中，在他的内心里，已经种下了一颗读书的种子。这颗读书的种子，随着它的成长，不断开花结果，最终成就了他的史学大业。

随园诗话的故事

袁枚

随园诗话讲的是袁枚的读书故事。袁枚是清代诗人、诗论家，乾隆、嘉庆时期诗歌的重要代表人物之一。字子才，号简斋，晚年自号仓山居士，世称随园先生，钱塘（今浙江杭州）人。

随园诗话讲的是袁枚辞官隐居随园，专注于诗文创作、读书著述50年的读书故事。这个故事出自《清史稿·卷四百八十五·列传二百七十二·袁枚》："卜筑江宁小仓山，号随园，崇饰池馆，自是优游其中者五十年。时出游佳山水，终不复仕。尽其才以为文辞诗歌。"

这里讲的是袁枚在乾隆十三年（1748年）辞官后，隐居江宁（今江苏南京），筑室小仓山隋氏荒废之园，改名为随园，修缮池馆，在此居住，悠闲自在50年，偶尔出游，乐于山水之间，自此不再出仕，尽其才能，专注于诗文创作、读书著述。

据《清史稿》和其他典籍记载，袁枚从小就有不同于常人的禀赋，学习刻苦，会写诗文。5岁时开始接受家庭教育。7岁正式受业于杭州史玉瓒先生，读《论语》《大学》，打下扎实的古文功底。9岁始自学古诗词赋。12岁考上秀才。曾经有一个地方巡抚见了袁枚，感觉他不同寻常，就让他写一篇铜鼓赋试试看，袁枚立即写了一篇，文辞很华美，果然名不虚传。他后来考取进士，授翰林院庶吉士，曾经任江宁等地知县，没有多久，辞官隐居随园，从事诗文著述。

袁枚为什么要选择随园这个地方隐居呢？根据袁枚所写《随园记》记载，随园之地，令他赞叹不已。随园坐落在金陵（江宁，今江苏南京）小仓山，山岭蜿蜒狭长，中间有清池、水田，称得上金陵名胜。此地南边有雨花台，西南有莫愁湖，北边有钟山，东边有冶城。登上小仓山，这些景物就像漂浮起来一样。康熙年间，有一位姓隋的官员在此处建了一座园林，人们给这座园林起名"隋园"。此后，该园逐渐荒芜。袁枚看中此地环境优美，便于自己在此读书作诗。他购买此园后加以修整，因势取景，建了亭台楼阁，造了舟船桥梁，搬来许多书籍，改"隋园"为"随园"，抑或取"随缘"之意，在此定居下来，续写诗话人生。在此期间，袁枚曾经出游浙江天台、安徽黄山、广东罗浮、广西桂林、湖南衡山等地，既读万卷之书，又行万里之路，得江山之助，写了许多山水诗文，82岁卒于随园。

袁枚一生写了大量诗篇，现存诗4000余首。在诗歌方面，他主张性灵说。这一观点强调诗歌创作要直接抒发诗人的心灵，表现真情实感，认为诗歌的本质是表达感情的，是感情的自然流露。袁枚的诗歌主要特点就是抒写性灵，表现个人生活中的感受、情趣和见识，追求率真自然。如《沙沟》一诗，描写山东境内黄河岸边的旅途风光："沙沟日影烟朦胧，隐隐黄河出树中。刚卷车帘还放下，太阳力薄不胜风。"又如《苔》："白日不到处，青春恰自来。苔花如米小，也学牡丹开。"这首诗收入袁行霈先生主编的《新编千家诗》，诗中"青春"是指春天，"苔"指青苔。该诗意韵深远，赞美了"苔"旺盛的生命力，青苔即使生长在阴暗潮湿的地方，见不到阳光，但它一到春天，同样拥有绿色，富有生命力。

袁枚不仅是诗人，也是诗论家，他的诗论观主张性灵说，收录在《随园诗话》和《补遗》等著作之中。《随园诗话》不仅阐述了他的诗歌理论，还对历代诗人作品及流派加以点评。袁枚在文学创作和学术研究方面造诣很深，为后世留下不少作品，主要有：《随园诗话》16卷及《补遗》10卷，《小仓山房集》

80 卷,《子不语》24 卷及续编 10 卷，还有尺牍、说部等 30 余种。

　　从随园诗话的读书故事中，我们看到了袁枚恬淡自然、超然于世的读书境界，其情与景，与陶渊明《归去来辞》所描述的田园境况，颇有相似之处。"登东皋以舒啸，临清流而赋诗。"写诗作文，与一个人的心态有密切关系，读书学习同样与一个人的心态有密切关系。宋代哲学家陆九渊主张，"开卷读书，平心定气"。他认为，如果能从容不迫，慢慢吟诵书的内容，细细品味书中含义，书中的道理就会彰显明白。所以，读书治学，要保持好心态。养心有助于读书，读书又涵养了心境。

曾国藩

读书诀窍
的故事

　　读书诀窍讲的是曾国藩的读书故事。曾国藩是晚清著名的政治家、思想家和军事家，湘军创立者和统帅，清末洋务运动的首创者。字伯涵，号涤生，湖南湘乡（今湖南双峰）人。历任内阁学士，礼、兵、工、刑、吏部侍郎，官至总督、大学士，封一等毅勇侯。

　　读书诀窍是指曾国藩读书有一些关键性的方法。这个故事出自《曾国藩家书·道光二十三年正月十七日·致诸位老弟书》。家书中谈及读书有"两诀窍"，这就是"耐"字诀与"专"字诀。曾国藩在家书中从不同角度、不同侧面讨论读书的方法，谈及自己读书的感受与经验。他认为读书有很多方法，但是也有一些是关键性的、最重要的方法。他写道："读经有一'耐'字诀：一句不通，不看下句；今日不通，明日再读；今年不精，明年再读。此所谓耐也。"

　　何为"耐"字诀？在曾国藩看来，读书要受得住，耐得烦，吃得苦。一句看不通，不着急看下句，今天没读懂，明天再琢磨，这便是"耐"字功夫。其实，"耐"字的含义很丰富，除了耐得烦，吃得苦，还要耐得住寂寞，受得了清贫。如近代学者王国维所言："昨夜西风凋碧树，独上高楼，望尽天涯路。"首先，要有一种超越的境界，超越世俗，超越个人得失，有高远的理想目标。其次，要有一种执着坚毅的境界，甘于寂寞，苦学苦修，无怨无悔，做到"衣带渐宽终不悔，为伊消得人憔悴"。

　　何谓"专"字诀？曾国藩在上述《致诸位老弟书》中，也谈到了"专"字的诀窍："若夫经史而外，诸子百家，汗牛充栋，或欲阅之，但当读一人之专集，不当东翻西阅。如读《昌黎集》，则目之所见，耳之所闻，无非昌黎，以为天地间除《昌黎集》而外，更别无书也。此一集未读完，断断不换他集，亦'专'字诀也。"曾国藩在道光二十五年（1845 年）三月初五日《致四位老弟书》中又谈道："吾教诸弟学诗无别法，但须看一家之专集，不可读选本，以汩没（gǔmò，意即埋没）灵性。至要至要。"曾国藩先是以读诸子百家的书为例，提倡先攻读其中一家的专集，不东翻西阅。比如读韩愈的《昌黎集》，神情专注，耳目所及，只有《昌黎集》，别无他书。此集未读完，不换他集。读诗也是如此，必须看一家的专集，不可读选本，以致埋没了自己的灵性。曾国藩在这里讲的"专"字诀，要义是专心致志，心无旁骛，一集一集攻，一本一本读，如此才有所获。

曾国藩一生酷爱读书，即使政务繁忙、戎马倥偬仍手不释卷。他不仅爱读书，而且也会读书。他在《家书》《家训》中反复告诫自己的兄弟和儿子要秉持家风，遵循从祖上传下来的治家之道，做到耕读传家，诗书继世。曾国藩与他们一起讨论为何读书以及怎样读书，并且还为他们开列了详细的书单，从这些书单中，看看曾国藩喜欢看什么书，我们又能得到什么启示。

曾国藩一生读过不少书，其中哪些书他最喜欢读呢？他在《家训·咸丰九年四月二十一日·字谕纪泽（曾纪泽）》中谈到了自己喜欢的书。他说："余于《四书》《五经》以外，最好《史记》、《汉书》、《庄子》、《韩文》（《韩愈文集》）四种，好之十余年，惜不能熟读精考；又好《通鉴》（《资治通鉴》）、《文选》（《昭明文选》）及姚惜抱所选《古文辞类纂》（清代姚鼐汇编的各类文章总集），余所选《十八家诗抄》（曾国藩选编的古代诗歌总集）四种，共不过十余种。"在这里，曾国藩开列了自己所喜爱的十余种书单。这十余种书，从《四书》《五经》

《庄子》，到《史记》《汉书》《通鉴》，再到《韩文》《文选》《古文辞类纂》《诗抄》，主要涉及文史哲三类，皆为经典之作，传统文化之作，经世致用之作，对曾国藩一生影响深远，无论是居官治军，还是修身养性，他都受益匪浅。

曾国藩考中进士后，在京城度过十余年翰苑生活，拜名师，交师友，致力于程朱理学，在诗词、古文等方面也很有造诣。他继承和发扬了程朱理学"格物穷理"的思想，提倡"以诚为本"，其居官治军重视整饬吏治、端正人心。有《曾文正公全集》传世，其中《曾国藩家书》《曾国藩家训》《曾国藩日记》等有较大影响。

我们从读书诀窍的故事中看到，曾国藩很重视对读书方法的总结。实际上，他在家书中还谈了不少读书方法，但他最看重的就是两条，"耐"字诀与"专"字诀。这两条切中了读书的要害，即读书能否坚持下去、读书能否取得成效。不少人读书一曝十寒，不少人读书劳而无功，教训就在做不到这两条。我们要借鉴曾国藩的读书经验，努力做到锲而不舍、专心致志。

主要参考书目

1. 司马迁：《史记》，北京，中华书局，1997 年 11 月。

2. 班固：《汉书》，北京，中华书局，1997 年 11 月。

3. 范晔：《后汉书》，北京，中华书局，1997 年 11 月。

4. 陈寿：《三国志》，北京，中华书局，1997 年 11 月。

5. 房玄龄等：《晋书》，北京，中华书局，1997 年 11 月。

6. 沈约：《宋书》，北京，中华书局，1997 年 11 月。

7. 萧子显：《南齐书》，北京，中华书局，1997年11月。

8. 姚思廉：《梁书》，北京，中华书局，1997年11月。

9. 魏收：《魏书》，北京，中华书局，1997年11月。

10. 李延寿：《南史》，北京，中华书局，1997年11月。

11. 刘昫等：《旧唐书》，北京，中华书局，1997年11月。

12. 欧阳修等：《新唐书》，北京，中华书局，1997年11月。

13. 脱脱等：《宋史》，北京，中华书局，1997年11月。

14. 脱脱等：《金史》，北京，中华书局，1997年11月。

15. 宋濂等：《元史》，北京，中华书局，1997年11月。

16. 张廷玉等：《明史》，北京，中华书局，1997年11月。

17. 赵尔巽等：《清史稿》，北京，中华书局，1977年8月。

18. 王照圆：《列女传补注》，上海，华东师范大学出版社，2012 年 4 月。

19. 杨伯峻译注：《论语译注》，北京，中华书局，2007 年 4 月。

20. 杨伯峻译注：《孟子译注》，北京，中华书局，2008 年 12 月。

21. 张觉今译：《荀子》，长沙，湖南人民出版社，2003 年 1 月。

22. 李昉等：《太平御览》，北京，中华书局，1960 年 2 月。

23. 翟江月今译：《战国策》，桂林，广西师范大学出版社，2008 年 2 月。

24. 葛洪：《西京杂记》，西安，三秦出版社，2006 年 1 月。

25. 中国大百科全书总编辑委员会：《中国大百科全书》（第一版），《历史卷》《哲学卷》《文学卷》《美术卷》《教育卷》《新闻出版卷》《中国传统医学卷》，北京，中国大百科全书出版社，1992 年 4 月、1987 年 10 月、1986 年 11 月、1990 年 12 月、1985 年 8 月、1990 年 12 月、1992 年 9 月。

26. 向光忠等主编：《中华成语大辞典》，长春，吉林文史出版社，1986 年 12 月。

27. 王力主编：《王力古汉语字典》，北京，中华书局，2000 年 6 月。

28. 范仲淹：《范仲淹全集》，北京，中华书局，2020年5月。

29. 湖北大学古籍研究所编：《汉语成语大辞典》，北京，中华书局，2002年1月。

30. 于天池注，孙通海等译：《聊斋志异》，北京，中华书局，2015年4月。

31. 宋濂：《宋学士文集》（《宋濂全集》），杭州，浙江古籍出版社，2014年6月。

32. 陈鼓应译注：《庄子今译》，北京，商务印书馆，2019年10月。

33. 王辟之：《渑水燕谈录》，郑州，大象出版社，2019年5月。

34. 郑板桥：《郑板桥全集》，南京，凤凰出版社，2012年8月。

35. 吴楚材、吴调侯编选：《古文观止》，长春，吉林出版集团有限公司，2011年7月。

36. 王兴芬译注：《拾遗记》，北京，中华书局，2019年4月。

37. 中华书局编辑部：《名家精译古文观止》，北京，中华书局，2008年1月。

38. 王余光主编：《中国阅读通史》，合肥，安徽教育出版社，2017年12月。

39. 吕祖谦编，齐治平点校：《宋文鉴·司马温公布袭铭记》，北京，中华书局，1992 年 3 月。

40. 张宏儒、沈志华主编：《文白对照全译〈资治通鉴〉》，北京，改革出版社，1991 年 10 月。

41. 辞海编辑委员会：《辞海》，上海，上海辞书出版社，2009 年 9 月。

42. 胡道静等今译：《梦溪笔谈》，成都，四川人民出版社，2008 年 12 月。

43. 许渊冲译：《唐诗三百首》，北京，高等教育出版社，2006 年 8 月。

44. 张正明、安介生主编：《顾亭林先生年谱》，太原，三晋出版社，2019 年 7 月。

45. 李贽：《初潭记》，北京，中华书局，2009 年 8 月。

46. 钱仪吉编纂、靳斯校点：《碑传集》，北京，中华书局，1993 年 4 月。

47. 吴肃公撰、陆林校点：《明语林》，合肥，黄山书社，1999 年 1 月。

48. 张宏生、于景祥：《中国历代唐诗书目提要》，沈阳，辽海出版社，2015 年 1 月。

49. 王充著、邵毅平解读：《论衡》，北京，国家图书馆出版社，2019 年 6 月。

50. 王应麟著，李逸安、张立敏译注：《三字经》，北京，中华书局，2011 年 5 月。

51. 袁行霈等主编：《中华传统文化经典百篇》，北京，中华书局，2016 年 10 月。

52. 吴震解读：《传习录》，北京，中华书局，2018 年 11 月。

53. 钱仲联、马亚中主编：《陆游全集校注·渭南文集校注·卷十八·书巢记》，杭州，浙江古籍出版社，2015 年 12 月。

54. 袁行霈主编：《中国文学史》，北京，高等教育出版社，2004 年 3 月。

55. 刘勰著，杨国斌英译、周振甫今译：《文心雕龙》，北京，外语教学与研究出版社，2003 年 12 月。

56. 葛洪著，张松辉、张景译注：《抱朴子》，北京，中华书局，2013 年 4 月。

57. 刘跃进主编：《简明中国文学史读本》，北京，中国社会科学出版社，2019 年 6 月。

58. 阮葵生：《茶余客话》，北京，中华书局，1959 年 5 月。

59. 何良俊撰：《四友斋丛说》，北京，中华书局，1959 年 4 月。

60. 黄宗羲著、平惠善校点、吴光编校：《南雷诗文集》，杭州，浙江古籍出版社，2012 年 11 月。

61. 袁行霈主编：《新编千家诗》，北京，中华书局，1999 年 5 月。

62. 檀作文译注：《曾国藩家训》，北京，中华书局，2020 年 3 月。

63. 檀作文译注：《曾国藩家书》，北京，中华书局，2017 年 4 月。

64. 王夫之著，杨坚总修订：《船山全书》，长沙，岳麓书社，2011 年 1 月。

65. 李光地撰，梅军校笺：《周易观象校笺·前言》，北京，中华书局，2021 年 6 月。

后　记

　　2023 年 4 月，团结出版社出版了我编著的《古人谈读书》一书，简要介绍和阐释了 70 位中国古代先贤关于读书治学的观点和方法。该书出版之后，得到许多读者朋友的鼓励和肯定。有的读者认为，借鉴古人读书的方法固然重要，了解他们的读书故事、学习他们的读书精神同样重要。读书方法是读书之术，读书故事里蕴含的读书精神是读书之道。善读书，既要学读书之术，也要学读书之道。因此，有些读者向我建议再写一本关于古代先贤读书方面的书，深入挖掘、系统整理中国古代先贤的读书故事，从中总结、提炼中国古代先贤的读书精神。他们希望我将古人的读书故事与读书方法一并呈现给大家，将《中国古代读书故事》一书作为《古人谈读书》的姊妹篇，以此激励更多的人热爱读书、勤奋学习。我感到读者朋友们的建议值得认真考虑，便从 2023 年 6 月开始，着手编写《中国古代读书故事》的写作提纲，阅读、收集、整理有关文献资料。

在收集、整理文献资料的过程中，我感到要真正写一本关于中国古代读书故事的书，还有不少困难。首先，现成流传下来的读书故事数量还不是太多，更多的故事需要从历史文献中深入挖掘，重新整理。其次，目前传颂的读书故事，大多是一些成语典故，内容比较简单，故事性还不是太强。最后，有些故事特别是网络上传播的一些故事，准确性不够，有的甚至是误传，有的故事中的人物张冠李戴。

"观书散遗帙，探古穷至妙。片言苟会心，掩卷忽而笑。"为了深入挖掘、系统整理中国古代的读书故事，我在写作过程中，阅读和查找了有关文献典籍，这使我受益匪浅，非常欣喜，为写作积累了许多有用的资料。这次写作过程中主要做了以下几个方面的工作：一是对古代读书故事作了一次梳理，从已有历史文献典籍，特别是从二十四史中挖掘、整理了许多新的材料，也从近年来出版的有关书籍中发现、收集了一些新材料，从而拓展了古代读书故事的范围，增加了不少新的读书故事。二是为有些流传至今的读书故事充实了内容，比如故事中人物的生平，读书故事的具体情节、过程，这些人物读书之后的成就，特别是他们在思想、文化、学术、文学艺术、科学技术等方面的成就和贡献。同时，对这些读书故事进行简要点评，或是揭示读书故事的历史意义和精神价值，或是阐释读书故事对当代读书人的启示和借鉴。三是对读书故事的源头进行了文献方面的查找和考证，力求做到每一个故事都有出处。其中，有的来源于历史典籍或历史人物个人著作、文章、年谱等方面的记载，有的来源于历史典籍中的注解和索引。为了增强故事的准确性和权威性，我在文献查找方面花费了不少时间。有的故事，因为查不到文献出处，而只能放弃，有的故事仅有一个成语释义，目前还没有查到有关具体内容的记载，也未收入书中，这是非常遗憾的，期待以后发现新的资料，续写新的故事。

这次出版的《中国古代读书故事》一书，推出了古代先贤的 80 个读书故事，以年代为序，分上、中、下三编。上编为先秦至两晋时期，中编为南北朝至两宋时期，下编为元明清时期。在收集、整理、写作中，共参考了 65 种文献典籍和近年来出版的有关学术书、辞书，主要有：中华书局出版的"二十四史"和《清史稿》，中国大百科全书出版社出版的《中国大百科全书》（第一版）的《历史卷》《哲学卷》《文学卷》《美术卷》《教育卷》《新闻出版卷》《中国传统医学卷》等，上海辞书出版社出版的《辞海》，王余光主编、安徽教育出版社出版的《中国阅读通史》，杨伯峻译注、中华书局出版的《论语译注》《孟子译注》，李昉等编著、中华书局出版的《太平御览》，刘跃进主编、中国社会科学出版社出版的《简明中国文学史读本》，袁行霈主编、高等教育出版社出版的《中国文学史》，翟江月今译、广西师范大学出版社出版的《战国策》等，详细参考书目已经列入书后，特致谢忱！

读书的人生与不读书的人生，是完全不一样的人生！东汉学者任末，对读书与人生的思考相当深刻："夫人好学，虽死若存；不学者虽存，谓之行尸走肉耳！"读书穿透古今，会通中外，仰观宇宙，参透人生，与圣贤交流，向大师学习，开阔了眼界，增长了知识，启迪了智慧，培育了道德情操，使人生更有意义，更有价值。读书增加了人生的长度，拓展了人生的宽度，提升了人生的高度。所以，要使人生更有意义，更有价值，应当向古代先贤学习，做一个勤奋读书、好学不倦的人！

在《中国古代读书故事》即将出版之际，我要感谢团结出版社执行董事兼社长梁光玉、常务副社长赵晓丽、责任编辑伍容萱对本书编辑出版工作的支持，感谢各位读者和书友们对我的鼓励，感谢美术编辑和插图绘者的帮助！由于本人学识有限，对有关历史文献研究不够，书中难免存在一些错误，恳请读者批评指正！

2025 年 4 月